MOUSQUETAIRE NOIR

par Victor Nadal

E. Bernard, Éditeur, Paris

N° 21

LE
Mousquetaire Noir

Par Victor Nadal

PARIS

E. BERNARD, IMPRIMEUR-ÉDITEUR

29, Quai des Grands-Augustins, 29

Le Mousquetaire Noir

I

AMOUR DE JEUNESSE

A cinq kilomètres de la ville d'Albi, que domine une merveilleuse cathédrale gothique, type de l'église-forteresse du moyen-âge, s'élève encore la tour de Castelnau, seul débris d'un manoir qui fut habité jusqu'aux premiers jours de la Révolution.

Cette tour a soixante-dix mètres de haut et, malgré ses murs lézardés, de hardis touristes l'escaladent souvent pour jouir du splendide panorama que présente la vaste et féconde plaine arrosée par le Tarn, une des plus pittoresques rivières du pays de France.

Le Tarn, en effet, mérite une minutieuse exploraration.

Avant de baigner le département auquel il donna son nom, il coule dans ces gorges profondes et obscures, où pénétra le premier le savant géologue Martell, et qui sont aujourd'hui le but de la curiosité universelle ; puis, en sortant du département de l'Aveyron, il parcourt d'étroites vallées sur un lit de cailloux qui brisent et découpent la blanche écume de ses flots murmurants ; et enfin, dans la plaine d'Albi, où il commence à devenir navigable, il baigne jusqu'à ce qu'il aille se mêler à la Garonne, des champs d'une étonnante fertilité, où l'or des blés succède au vert pâle de l'absinthe et où, non loin des cultures d'anis, de pastel ou de maïs, la vigne aux pampres menacés s'obstine à ne pas mourir.

Le manoir de Castelnau était habité à l'époque où commence cette histoire, par le comte de Lévizac et sa famille.

Tout autour du castel, des paysans avaient construit leurs humbles demeures au toit de chaume, et ils vivaient là tranquilles et contents de peu. Du reste, s'ils avaient eu de l'ambition, ils en auraient été pour leurs frais. L'ère de l'émancipation n'était pas encore ouverte.

Tout ce qu'ils pouvaient espérer, c'est que le comte, leur seigneur et maître, ne les regardât pas d'un trop mauvais œil, c'est que le blé mûrit dans leurs champs exigus, et qu'un mauvais sort, — car c'était le temps des sorciers, — ne vînt pas frapper dans l'étable ou en plein pâturage la vache unique dont ils allaient vendre le lait aux Albigeois.

Le comte de Lévizac appartenait à une race dont l'origine se perdait dans la nuit des temps.

C'est ainsi qu'on parle, en général, de tous les gentilshommes du midi, mais cette fois, l'expression ne perdait rien de sa vérité.

Il y avait eu dans cette noble famille cinq chevaliers de Malte, un lieutenant général des armées du roi sous Francois Ier, un président au Grand Conseil, deux conseillers d'Etat, un premier commissaire de Louis XIV aux assemblées du Clergé, un capitaine de mousquetaires sous le règne du Roi-Soleil, un intendant en Auvergne et deux abbesses.

Le père du comte avait été intendant en Languedoc et il avait laissé à son fils, avec le beau domaine de Castelnau, la magnifique forêt de la Grésigne, située à trois lieues de là.

La famille actuelle se composait de la comtesse, pauvre femme à demi paralysée, qui languissait dans son fauteuil presque indifférente à ce qui se passait autour d'elle, de deux garçons, l'un Robert, âgé de dix-neuf ans, l'autre, François, âgé de quatorze ans à peine, et d'une nièce, orpheline de dix-huit ans, Geneviève de Ricourt, recueillie depuis sa plus tendre enfance, le jour même où le dernier des siens avait succombé.

Le comte de Lévizac n'avait pas eu besoin d'intriguer à la cour, source intarissable de faveurs et de provendes sous la monarchie.

Sa fortune était suffisante, même pour son nom, presque historique, et, d'ailleurs, il n'avait pas d'autres goûts que ceux d'un *gentlemen-farmer* de nos jours, si ce double mot anglais n'est pas trop déplacé quand il s'agit de nobles de vieille race française.

Le comte n'avait jamais cessé d'entourer sa femme des plus grands égards, mais comme elle le savait très friand des exercices du corps, cavalier passionné et chasseur infatigable, la pauvre malade le laissait jouir de sa liberté et passait de longues journées, en contemplation ou en rêveries, jusqu'au soir où le chef de famille rentrait harassé pour dévorer gloutonnement le produit de sa chasse, arrosé de quelques bouteilles de vieux Cahors, et se coucher après la dernière lampée, pour recommencer le lendemain.

Robert de Lévizac, le fils aîné, accompagnait son père à la chasse et, comme lui, il montrait de singulières aptitudes pour dompter un coursier ou pour conduire de vie à trépas les perdreaux et les lièvres des environs. Ah ! c'était le bon temps pour les bons fusils ! Et d'abord, pas de braconniers. Quel rêve pour les chasseurs !

Quoiqu'on ne fut pas à l'époque où les paysans ne mangeaient que de l'herbe, comme nous l'apprend la spirituelle marquise de Sévigné, les fils de la glèbe devaient travailler sans répit de l'aube au crépuscule pour nourrir les leurs.

Pas un d'eux n'avait un fusil suspendu dans la salle commune, et puis les lois contre le braconnage étaient alors si sévères qu'on ne les aurait même pas enfreintes pour viser et abattre le plus beau chevreuil du monde.

Le second fils du comte, François, ne quittait pas sa cousine, Geneviève de Ricourt, et, tous deux, ils suivaient les conseils et la direction d'un vieil ecclésiastique, l'abbé Massoneau, qui servait en même temps de chapelain au château de Castelnau.

Cet abbé que le comte de Lévizac avait demandé
à l'archevêque d'Albi lui avait été accordé sans
grandes difficultés.

Il passait pour être très gourmand, et le besoin de
rendre grâces à Dieu de l'excellence d'un chapon
truffé ou d'une exquise bécasse lui faisait oublier
trop souvent les intérêts spirituels de la paroisse
qu'on lui avait confiée.

Le prélat profita des premiers cheveux blancs de
l'abbé Massonéau pour songer à s'en défaire, et tout
alla pour le mieux quand on vint lui demander un
homme de confiance pour surveiller deux enfants et
dire sa messe au manoir de Castelnau.

Deux enfants? Oui, quand le précepteur entra chez
le comte; mais il y avait quatre ans qu'il avait
commencé sa tâche, quatre ans qu'il vivait heureux, charmant le comte de Lévizac par son appétit
rabelaisien et sa soif inextinguible.

Et depuis ce temps, Geneviève de Ricourt était
devenue une gente damoiselle, blonde comme une
vierge de Raphaël, avec de grands yeux bleus d'une
incroyable douceur.

La comtesse de Lévizac, annihilée par ses longues
souffrances, s'apercevait à peine que la chrysalide
était devenue papillon.

Son oncle, le Nemrod du pays Albigeois, embras-
sait rapidement sa nièce le matin et le soir, avant et
après la chasse, et c'était tout.

François cherchait à jouer avec Geneviève mais
celle-ci se souciait médiocrement de partager ses

jeux, Elle était presque toujours mélancolique et triste, quand Robert n'était pas là.

Et il n'y était presque jamais.

Elle se plaisait à gravir les innombrables marches qui conduisaient à la plate-forme de la tour, et de là, elle cherchait des yeux le cousin préféré, chevauchant ou chassant toujours à deux lieues à la ronde.

Les soirs d'été, quand elle l'apercevait, au retour, elle redescendait à la hâte et se trouvait toujours au seuil du château pour recevoir le chasseur impénitent.

Elle le félicitait d'une charmante façon, quand le valet qui l'accompagnait apportait beaucoup de gibier, mais sa joie était moins grande de compter les pièces abattues que de revoir son Robert bien-aimé.

Celui qui était destiné à devenir un jour chef de nom et d'armes de la maison de Lévizac était un beau garçon accompli.

Grand et solidement campé, il avait un charme de plus, une figure d'une beauté féminine, avec des yeux très caressants.

Sa voix jurait avec cette extraordinaire douceur : elle était forte, presque impérieuse et né devenait véritablement musicale que lorsque Robert parlait à sa mère ou à Geneviève.

Quand il allait baiser la main de la comtesse, celle-ci semblait retrouver son beau regard des jours anciens et un sourire se réveillait sur ses lèvres comme si la douleur ne devait pas aussitôt le proscrire.

Elle était, comme toutes les femmes, fière d'admirer

le bel enfant de ses amours et jouissait du bonheur
de le voir devenu un brillant chevalier, semblable à
l'époux choisi, aux jours lointains des fiançailles.

Pendant les quotidiennes apparitions de Robert
auprès de sa mère, Geneviève venait s'accouder sur
le fauteuil de la comtesse, mais, depuis quelque
temps, n'osant plus le regarder comme on regarde un
frère, elle baissait les yeux devant lui.

Le comte de Lévizac n'avait rien compris à cette
transformation.

Quant à l'abbé Massoneau, il lisait son bréviaire en
digérant, satisfait d'être en règle avec son estomac et
avec Dieu.

Le petit François était au comble du bonheur : on
lui avait apporté deux étourneaux, peu grièvement
blessés, et d'après le conseil qu'on lui avait donné,
conseil basé sur la connaissance parfaite des mœurs
de ces oiseaux, il passait son temps à leur apprendre
à imiter le chant de toutes les espèces aîlées. Et voilà
comment les enfants s'amusaient au dix-huitième
siècle.

La vie au château de Castelnau était donc assez
uniforme, mais un événement inattendu devait en
révolutionner les habitants.

Un jour d'automne, le comte de Lévizac était allé
dans les bois voisins profiter des dernières belles
heures de la saison.

L'abbé Massoneau avait demandé la permission
d'assister, à Albi, aux funérailles d'un chanoine, grand
pénitencier du chapitre métropolitain.

Robert, resté au château sans raison apparente, se rendit dans une grande salle qui servait de bibliothèque et il se disposait à consulter peut-être quelques ouvrages de vénerie, car les livres d'érudition ne l'intéressaient guère, lorsqu'il aperçut Geneviève qui feuilletait une Bible illustrée.

Il s'approcha d'elle tandis qu'elle paraissait entièrement absorbée dans sa lecture.

Comme elle ne détournait pas les yeux, il se décida à l'interpeller.

— Bonjour, Geneviève.

La jeune fille tressaillit. Depuis plus de deux ans, elle ne s'était jamais trouvée seule avec Robert.

— Bonjour, Robert, dit-elle d'une voix mal assurée.

— Je ne voudrais pas vous faire un reproche, ma jolie cousine, mais il me semble que l'abbé vous a défendu de venir à la bibliothèque en son absence.

Geneviève rougit.

— Pardonnez-moi, reprit Robert, en reconnaissant la Bible : l'abbé vous féliciterait de votre choix.

— Je cherche à me distraire. Quel mal voyez-vous à cela Robert ?

— Vous vous ennuyez donc bien !

— Surtout quand...

— Quand...

— Quand vous n'êtes pas là.

Robert regarda sa cousine d'un air interrogateur.

— Oui, reprit-elle, je ne veux pas vous cacher que je m'ennuie bien souvent. L'abbé ne nous parle que du repas qu'il a fait la veille ou de celui qu'il fera le lendemain. François ne quitte plus ses étourneaux qui imitent déjà le pinson, la fauvette et le rouge-gorge. Il veut leur apprendre le chant du rossignol, et les étourneaux ne paraissent pas aussi ambitieux que lui. Et, moi, je passe ma vie entre un officier de bouche et un professeur de chant. Ce n'est pas gai.

— Pourtant, c'est la vie, la vie au château.

— Voyons, Robert, je suis une grande fille et...

— Et vous voudriez peut-être aller à la cour, augmenter l'escadron des demoiselles d'honneur, solliciter l'attention d'un grand seigneur, du roi peut-être ? Oh ! vous êtes assez belle pour cela...

— Vous me trouvez belle, vous ?

— Je suis comme tout le monde, Geneviève, et je ne vois pas pourquoi je vous cacherais ma pensée.

— En tout cas, vous ne l'exprimez pas souvent.

— Vous dites... ?

Il y eût entre les deux jeunes gens un moment d'embarras, et, comme si cette conversation suggestive n'avait pas eu lieu, l'enfant blonde recommença à feuilleter machinalement sa Bible illustrée.

Robert restait devant elle, immobile et pensif, et comme il s'aperçut que le cœur de Geneviève battait à rompre le corselet, il fit un pas et lui baisa le front.

L'Amour venait d'envahir le château de Castelnau, sans que la herse fût levée, sans que le pont-levis s'abaissât : c'est que l'amour ne court pas, il vole.

Le soir, quand l'abbé Massoneau revint d'Albi, le

comte terminait son repas, entouré de ses fils et de sa nièce.

Celle-ci s'était montrée d'une gaieté peu commune et M. de Lévizac en paraissait enchanté car Geneviève n'avait pas la joie facile.

L'abbé raconta son voyage. Il ne s'étendit pas longtemps sur les pompes de la cérémonie religieuse et il ne put se défendre de parler de l'honneur qui lui avait été fait par le curé-doyen de la cathédrale :

— Le croirez-vous, monsieur le comte? Il a voulu que je déjeûne avec lui. Et quel déjeûner ! Je n'ai jamais vu d'aussi belles truffes...

— Couleur de deuil, reprit M. de Lévizac.

De la cérémonie funèbre, l'abbé n'avait retenu que les truffes. Il se retira bientôt, très content de lui, et alla rêver d'enterrements... copieux.

Tandis que le comte regagnait sa chambre, il ne ne put s'empêcher de songer que Geneviève n'avait pas à gagner grand'chose à la conversation de l'abbé Massoneau et il se promit de l'arracher assez souvent à cette sainte compagnie.

Dès le lendemain, il pria Robert d'apprendre à la jeune fille à monter à cheval.

Trois mois après, la charmante cousine était une parfaite amazone.

Le gourmand précepteur dut se contenter d'apprendre un peu de latin à François et de lire quelques livres pieux à la comtesse.

Quant à Geneviève, elle eut le plaisir de sortir

plusieurs fois par semaine et de visiter en détail tous les pays environnants.

Le comte de Lévizac, qui ne voyait en elle qu'un enfant de plus, la confiait à Robert, un peu trop sûr de l'honneur du nom pour se souvenir de cet aphorisme : l'esprit est prompt, la chair est faible.

Il ne pouvait se douter de la scène de la bibliothèque et du long baiser de Robert sur le front rougissant de Geneviève.

Hélas ! la nature ne veut pas que deux êtres qui s'aiment oublient qu'ils sont nés pour la suprême étreinte !

Un soir d'avril, le comte de Lévizac galopait sur une route abandonnée qui ne permet qu'aux cavaliers exercés de traverser le bois de Misère, situé à trois lieues du château de Castelnau, et il ne fut pas médiocrement étonné de voir deux chevaux attachés à un chêne. Ces deux cheveux sortaient de ses écuries. C'étaient ceux de Robert et de Geneviève.

En un clin d'œil le comte mit pied à terre. Il fit quelques pas dans le bois et il aperçut sa nièce et son fils couchés sur l'herbe, où ils tenaient le moins de place possible.

Devant l'aspect désolé des deux jeunes gens, le comte ne dit pas un mot. Il se retourna brusquement avec un air qui tenait plutôt du dégoût que de l'indignation, et il remonta en selle.

Quand les amoureux rentrèrent au château, quelques instants après lui, Ils durent souper seuls, M. de Lévizac s'était fait servir dans sa chambre.

Comme il y avait à dîner une oie rôtie, l'abbé Massoneau fit une conférence sur les confits. Elle n'eut aucun succès.

Lorsque Robert se sépara de Geneviève, il lui serra fortement la main, voulant lui faire comprendre qu'elle pouvait compter sur lui et qu'il ne l'abandonnerait jamais.

C'était trop présumer de soi. Trois jours après la découverte de ces coupables amours, Geneviève de Ricourt était admise au couvent des Augustines d'Albi.

Quant à Robert, voici ce que lui avait dit son père :

« Monsieur, vous avez déshonoré l'hospitalité sainte, celle que l'on doit aux orphelins d'une famille comme la nôtre. Vous ne pouvez plus vivre ici, près de moi. Voici une bourse pleine d'or. Partez immédiatement pour Paris, et entrez au service du roi. Ne comptez plus sur mes biens : ils sont désormais à votre frère, car je ne veux avoir d'autre fils que lui.

Robert de Lévizac regarda son père et murmura ces mots :

— Je puis bien épouser Geneviève...

Le comte répliqua durement :

— Geneviève est religieuse.

II

PREMIER SOURIRE DE LA FORTUNE

Le vicomte Robert de Lévizac, — il avait encore droit à ce titre, malgré les menaçantes paroles de son père, — partit du château de Castelnau après avoir embrassé sa mère.

La comtesse n'avait pas été mise au courant de la situation. Quoique sa sensibilité fût émoussée par une longue et cruelle maladie, elle serait morte de douleur si elle avait su que son fils était maudit et l'orpheline qu'elle avait recueillie, déshonorée.

Le comte, qui ne reculait jamais devant la résolution qu'il avait prise, avait fait entendre à sa femme que Robert et Geneviève étaient arrivés à un âge où la vie commune, sans la surveillance maternelle, était un danger quotidien. Hélas ! le danger n'avait pas été évité.

Il avait momentanément éloigné sa nièce pour essayer de lui inspirer la vocation religieuse, car une jeune fille noble et pauvre était naturellement désignée pour la vie monastique.

Enfin, il espérait qu'à la Cour, vers qui les yeux de toute la province aristocratique étaient tournés, le nom de Lévizac pourrait hâter la fortune de son fils.

Telles étaient les explications qui épargnaient au châtelain de Castelnau l'impossible aveu de la vérité.

Robert de Lévizac partit pour Toulouse où il alla prendre le coche pour Paris.

Le voyage était long. De nos jours, on va un peu plus facilement à San-Francisco qu'on n'allait alors à la capitale.

Il fallut onze jours pour faire le trajet, qui est de sept cent cinquante kilomètres et qu'on fait maintenant en dix heures.

La diligence poudreuse entra enfin dans la ville des rois, qu'on n'osait appeler encore la ville lumière, et elle s'arrêta dans la cour d'une auberge, située dans le quartier des Halles, rue de la Cossonnerie, et qui avait pour enseigne : *Aux Trois Maillets.*

Les historiens du vieux Paris ont prétendu que ce nom venait de trois frères Maillet, connus en ce temps-là par leur grande richesse, acquise à la suite des armées, auxquelles ils fournissaient des vivres et des vêtements. D'autres émettent l'opinion que ces trois maillets étaient l'emblème de la corporation des tonneliers, ancienne profession du premier propriétaire de l'auberge.

Quoi qu'il en soit, quand Robert de Lévizac descendit du coche, tout désorienté par le brouhaha du quartier, il demanda au patron où il pourrait bien s'installer pendant un mois.

— Mais ici, chez moi, s'écria l'aubergiste, flairant un bon client. J'ai une belle chambre libre, au deuxième, sur la rue, Monsieur, et j'ai déjà quatre pensionnaires. Vous serez le cinquième.

Et il ajouta, avec un air de fierté qui ne seyait pas mal à sa physionomie joviale :

— Et vous savez, Monsieur, j'ai toujours entendu

dire qu'il n'y avait pas beaucoup de cuisiniers comme moi !

Le soir même, Robert de Lévizac couchait aux *Trois Maillets*.

Il avait voulu dîner seul dès qu'il apprit que les quatre pensionnaires appartenaient au monde de la chicane et se glorifiaient de seconder de leurs lumières des tabellions du voisinage.

Le long voyage de Robert avait complètement effacé dans son esprit les tristes impressions de la scène paternelle.

Il faut dire que, bien qu'il ait délicieusement ravi le cœur de Geneviève, il n'avait pas de véritable amour pour elle. Malgré les galantes paroles qu'il avait prodiguées à sa cousine, il ne s'était abandonné avec elle qu'à l'ivresse des sens, si despotique au réveil de la puberté.

Robert ne songeait pas davantage à la malédiction dont l'avait frappé son père.

Il se disait, à ce sujet, qu'un vrai gentilhomme ne peut pas oublier sans retour celui qui porte son nom, et il se flattait que l'avenir, un avenir prochain, lui fournirait une occasion de fléchir la colère paternelle.

Robert allait avoir vingt ans, et, si on n'a pas d'illusions à cet âge, on n'en aura jamais.

Cependant, il était bien seul. Que faire pour hâter le sourire de la fortune ?

Il se souvint qu'une proche parente de sa mère, Jeanne-Louise de Réalmont, était abbesse de Verrières, et l'abbaye de ce nom n'était située qu'à trois lieues de Paris, entre Bourg-la-Reine et Orsay.

Une abbesse pouvait beaucoup à cet époque où les monastères, s'affranchissant des austérités de la règle, servaient si souvent de refuges à de nobles et belles pécheresses, toutes prêtes à reprendre la vie légère qui avait motivé une éphémère retraite.

Les couvents étaient visités chaque jour par des princes et des personnages considérables, et de ces visites, souvent intéressées, résultaient de hautes relations qui pouvaient servir à un jeune et beau gentilhomme de province.

Avec sa finesse de Languedocien, Robert ne s'était pas trompé dans le choix de sa première démarche.

Il se donna quelques jours de repos pour visiter Paris et Versailles.

Il se rendit plusieurs fois au château de Marly, qui l'avait particulièrement séduit, Marly que Louis XIV avait fondé dans un accès de mélancolie; où des sommes immenses avaient été englouties dans un des temps les plus malheureux de la monarchie française, Marly, à la fondation duquel un peuple mourant de faim et accablé par les impôts de la guerre, avait concouru forcément et en lui consacrant tout ce qui lui restait de forces physiques et pécuniaires; Marly, château superbe et ruineux qui fut considéré, au moment de la Révolution, comme le monument le plus significatif de l'oppression tyrannique qui pesait depuis longtemps sur la première nation du monde.

Mais Robert ne se doutait pas des futurs anathèmes qui pèseraient plus tard sur la demeure royale qui lui rappelait les fastes de la plus somptueuse des cours.

D'ailleurs, il n'appartenait pas aux races malheureuses, à la caste exploitée : il était noble et pensait déjà comme la Du Barry : « Après moi, le déluge! »

Un soir, après un nouveau pèlerinage au château où Louis XIV avait abrité ses dernières amours, Robert dînait aux *Trois Maillets*, et tout en faisant compliment du menu, véritablement exquis, d'ailleurs, à maître Grivolet, le chef de céans, il lui demanda de lui procurer un cheval pour le lendemain.

— C'est facile, monsieur le vicomte, répondit l'hôtelier : à dix pas d'ici, j'ai votre affaire. Et pour quelle heure?

— Pour midi. Je déjeunerai et je partirai pour l'abbaye de Verrières, où je veux arriver vers trois heures.

— Oh! vous y serez dans moins de temps que vous ne croyez. Je connais la bête qu'on vous donnera : elle est digne de vous.

Et maître Grivolet sourit de son compliment, dicté par la générosité de son client qui, sans marchander payait tous les jours ses repas et sa chambre, ce qui le distinguait des quatre basochiens, liardant à qui mieux mieux et défalquant outrageusement, même sur les prix convenus. Quand il y avait des suppléments, c'était une lutte homérique pour les faire réduire, et ils déployaient moins d'habileté et de roueries pour gagner un procès ou dévaliser un plaideur que pour faire oublier au patron une fine bouteille, servie en dehors, un jour d'accidentelle bombance.

Mais leur quadruple effort se brisait contre l'impitoyable mémoire de maître Grivolet, incapable d'ajouter un radis sur la note, mais porté, dès sa plus tendre enfance, à se faire payer tout ce qu'on lui devait. C'est ce qu'on appelait de l'ordre, qualité adhérente à la naissante bourgeoisie.

On amena le lendemain, à l'heure dite, le cheval tout sellé.

Robert l'enfourcha, et sa monture, comprenant qu'elle avait affaire à un bon cavalier, partit avec une belle allure dans la direction de Bourg-la-Reine.

Moins de deux heures après, Robert était arrivé à l'abbaye de Verrières.

Près des bâtiments de ce vaste couvent, aujourd'hui disparu, dans une masure, un maréchal-ferrand attendait sur sa porte, les bras croisés, dans l'attitude résignée d'un travailleur pour qui la morte-saison dure toute l'année.

Robert lui tendit la bride de son cheval.

— Je reviendrai bientôt, lui dit-il en lui glissant une pièce blanche dans la main.

Le maréchal-ferrand insista pour ferrer la bête.

— Mais elle n'en a pas besoin, répondit en souriant le cavalier !

— Tant pis, répondit le brave homme ; j'aurais voulu gagner la pièce que me donne Monsieur.

Robert se dirigea vers la porte de l'abbaye et il frappa.

Quelques secondes s'étaient à peine écoulées qu'une petite grille s'ouvrit, laissant entrevoir une figure de béguine.

— Que désire Monsieur, dit-elle timidement?

— Je suis le vicomte Robert de Lévizac et parent de Mme l'abbesse. Veuillez la prier de me faire l'honneur de me recevoir.

Puisqu'il s'agissait d'un membre de la famille de sa supérieure, la sœur tourière crut devoir prendre sur elle d'ouvrir la porte au visiteur.

Elle lui désigna, à gauche en entrant, un assez vaste parloir, lui montra un siège et l'avertit qu'elle s'empressait de faire sa commission.

— Très Révérende Mère, dit la religieuse à l'abbesse, il y a au parloir un jeune homme qui désirerait vous parler.

— Un jeune homme, dit l'abbesse, en remettant dans leur carton des estampes qu'elle examinait minutieusement !

— Oui, très Révérende Mère, c'est le vicomte de...

— Vicomte de quoi...

— Pardonnez-moi, très Révérende Mère, mais j'ai oublié le nom qui m'a été dit. C'est un nom en *ac*, c'est tout ce que je puis dire.

— C'est bien, vous êtes pardonnée. Une autre fois, soyez moins étourdie, ma fille. En attendant, conduisez le vicomte en *ac* dans le salon de l'aumônerie et annoncez-lui que je l'y rejoins dans quelques instants.

Quand l'abbesse fut prévenue que ses ordres avaient

été exécutés, une seconde fois elle délaissa les gra-
vures qui paraissaient si fort l'intéresser et elle se dirigea, par de longs couloirs, vers le salon réservé
pour ses conférences avec l'aumônier du monastère.

Elle entra, un peu impatiente de savoir de quel parent il s'agissait et elle aperçut, debout devant elle,
Robert de Lévizac dont la grâce et l'élégance firent
sur elle la meilleure impression.

— Je ne sais encore à qui j'ai l'honneur de parler,
dit-elle presqu'en souriant.

Robert était stupéfait. La parente de sa mère,
Jeanne-Louise de Réalmont, devait avoir plus de
soixante ans et il se trouvait devant une femme de
trente-deux ans à peine, d'une beauté troublante,
qui l'enveloppait d'un regard très doux en attendant
une réponse à sa question.

— Ne vous troublez pas, Monsieur, lui dit-elle un
peu ironiquement peut-être, mais encore, expliquez-
moi...

— Je suis confus de vous avoir dérangée, Madame,
et je vais vous confesser le cause de mon erreur. Je
suis le vicomte Robert de Lévizac ; j'appartiens à une
très ancienne famille de l'Albigeois et, depuis mon
enfance, j'ai entendu ma mère et mon père parler de
notre vénérée parente Jeanne-Louise de Réalmont,
abbesse de Verrières...

— Mais c'est de l'abbaye de Verrières-en-Bour-
gogne qu'il s'agit, Monsieur, et non de la mienne.
Vous vous êtes trompé de diocèse.

Robert de Lévizac fit un geste qui témoignait de

sa confusion, puis, tandis que l'abbesse le regardait
sans paraître attacher quelque importance à son erreur, il fixa sur elle des yeux ardents qui ne pouvaient
s'en détacher.

Sans se montrer trop étonnée de ces regards où
perçait une admiration à laquelle elle était habituée,
l'abbesse pria Robert de s'asseoir, et elle choisit elle-
même un grand fauteuil de chêne où elle s'installa
comme si une longue conversation devait avoir lieu.

Robert semblait plongé dans une sorte d'extase.
L'abbesse entama la conversation :

— J'appartiens comme vous, Monsieur, dit-elle, à
une famille du Languedoc. Je m'appelle Marthe-Henriette de Pampelonne et je suis sœur de l'évêque
d'Angers. Tous les gentilshommes de la Cour savent
cela. Pourquoi l'ignorez-vous ?

— Excusez mon ignorance, Madame. Je n'habite
Paris que depuis une semaine. Avant...

— Avant, vous habitiez ?

— Le château de Castelnau, tout près d'Albi, avec
ma famille, ma pauvre mère, paralysée depuis plus
de dix ans, mon père, mon jeune frère et...

Au souvenir de Geneviève, le jeune homme rougit.

L'abbesse surprit cette rougeur et elle voulut avoir
raison du mystère.

— Et qui encore, dit-elle d'un air très curieux ?

— Et une cousine, Madame, que mon père avait
recueillie après la mort de ses parents. Elle s'appelle
Geneviève de Ricourt.

— Est-ce une grande fille ?

— Elle a dix-huit ans.

— Puisque vous êtes venu troubler mon après-midi, reprit en souriant l'abbesse, laissez-moi vous confesser jusqu'au bout. Vous avez à peine vingt ans ?

— Oui, Madame.

— Pourquoi avez-vous quitté le château paternel ?

— Mon père l'a voulu.

Il y eut un moment de silence : Robert se sentait embarrassé, et maintenant, il baissait les yeux comme s'il sentait l'abbesse Marthe de Pampelonne maîtresse de son secret.

En amour, les femmes devinent bien des choses. Et l'interrogatoire recommença :

— Votre père a voulu votre départ parce que vous aimiez votre cousine. Est-ce que je me trompe, M. de Lévizac ?

L'abbesse souriait toujours. Dans son fauteuil, elle avait l'air d'une Eve triomphante dans une stalle de chanoine, et l'impression que pouvaient produire son costume sombre et la croix d'or, la croix abbatiale, qui brillait sur sa poitrine, ne résistait pas à l'effet de sa beauté souveraine.

Robert n'avait plus devant lui une religieuse mais une femme.

— Oui, n'est-ce pas, reprit-elle ?

— Je croyais l'aimer, répondit tristement Robert, mais... je ne vous avais pas encore vue !

Pour le coup, Marthe-Henriette de Pampelonne, abbesse de Verrières, fut absolument démontée. Et pourtant les hommes ne l'effrayaient pas !

Décidément, le jeune gentilhomme languedocien n'était pas le premier venu.

— Bien joué, pensa l'abbesse qui, on s'en est déjà aperçu, n'était pas venue au monde pour être nonne.

Glissant sur la déclaration qu'elle n'avait pas reçue sans surprise de la part d'un adolescent qui n'avait pas encore fréquenté les roués, vieux marcheurs de l'époque, elle continua :

— Et vous êtes parti de plein gré, M. de Levizac ?

— Mon père m'a aidé, répliqua Robert en hochant la tête.

— Chassé peut-être ?

— Pas peut-être, Madame !

— Vous voilà donc seul à Paris, sans appui, sans protection...

— C'est pour cela, Madame, que je venais voir Mme de Réalmont, notre parente. Songez donc, une abbesse... Elle m'aurait sauvé !

— Eh bien ! et moi ?

— Vous, dit Robert ! Vous daigneriez vous occuper...

— D'un compatriote ? Pourquoi pas. Albi est dans le Languedoc, si je ne me trompe, et vous êtes Albigeois. Vous refusez mon patronage ?

L'abbesse de Verrières tendit la main à Robert de Lévizac qui la baisa respectueusement.

Après cet hommage rendu de la plus galante façon, l'entretien reprit.

— Quelle est la carrière qui vous tente, Monsieur ? des amis un peu partout.

— Je voudrais être soldat. Seul, le courage que je puis mettre au service du roi fléchira mon père.

— Mais, à moins d'être officier, un homme bien né ne peut servir que dans les mousquetaires.

— Je voudrais être mousquetaire !

— C'est aujourd'hui jeudi, dit l'abbesse en cherchant dans sa mémoire si elle n'avait pas quelque engagement à tenir. Revenez lundi à la même heure. Dieu vous garde, M. de Lévizac.

Marthe de Pampelonne se leva, salua Robert d'un sourire indéfinissable et disparût dans les longs corridors, majestueuse comme une reine.

Pendant ce temps, sur un coup de cloche, la sœur qui oubliait les noms en *ac* reconduisait le jeune visiteur qui, si elle s'en rapportait à la durée de l'entrevue, devait être, certainement, l'un des plus proches parents de sa très Révérende Mère.

Robert de Lévizac sortit du monastère la joie dans l'âme et dans les yeux.

Il ne put se défendre de donner quelques pièces blanches de plus au maréchal-ferrand qui était descendu pour lui complaire au rôle humiliant de palefrenier.

Quelques minutes après, il galopait sur la route de Paris.

Il est superflu de dire qu'il était bien insensible aux divers aspects du paysage que ne déparaient pas encore les banales constructions de la banlieue et qu'il avait la tête pleine de rêves plus ambitieux les uns que les autres.

Il bénissait le ciel de s'être trompé d'abbesse. En effet, s'il avait eu affaire à sa tante, Jeanne de Réalmont, il en eût peut-être reçu le conseil d'aller faire amende honorable au château de Castelnau, ce qui lui aurait paru bien dur, en présence d'un homme aussi résolument intransigeant que son père.

Quand il arriva aux *Trois Maillets*, il pria maître Grivolet de renvoyer son cheval au loueur, de le retenir pour l'après-midi du lundi suivant et de lui préparer un bon souper pour le soir même, car sa longue promenade l'avait réellement affamé.

Il demanda encore à son hôte de lui réserver une des meilleures bouteilles de sa cave et de venir au dessert choquer son verre avec le sien.

On trinquait alors, comme si un homme seul ne suffisait pas à remercier le Dieu de la vigne des trésors rubiconds qu'il verse annuellement dans nos caves.

— Monsieur le vicomte est content de sa journée, paraît-il, demanda maître Grivolet, avec un air de béate sollicitude ?

— J'en suis ravi, répondit distraitement Robert dont la pensée était tout entière à l'abbaye de Verrières où trônait l'éclatante beauté de Marthe de Pampelonne.

Le brave hôtelier déclara, en hochant la tête, qu'il portait bonheur à ses clients.

En ce moment entrèrent les quatre rats du palais de justice, pensionnaires exigeants qui n'ajoutaient rien au prestige de l'auberge.

— Oui, je porte bonheur, mais pas à ceux-là, par exemple, ajouta l'excellent cuisinier de la rue de la Cossonnerie, en montrant le groupe famélique. Quand il s'agit de me payer, ils n'ont jamais touché leur mois.

Robert sourit de la distinction, puis il se mit à table.

Lucullus dîna chez Grivolet.

La fameuse bouteille arriva presqu'en même temps qu'un délectable fromage de Marolles.

Le patron apporta son verre qu'il remplit après avoir versé une copieuse rasade au vicomte.

— Mes compliments, s'écria celui-ci, après avoir dégusté la vermeille liqueur. C'est un vin de derrière les fagots. Comment l'appelez-vous ? Je n'en veux pas d'autre quand je ferai ce que vous appelez un *extra*.

— Ça ? Monsieur le vicomte, c'est du Château-Grivolet, dit l'hôtelier en pouffant de rire, malgré tout le respect qu'il devait au vicomte.

— Tiens, vous ne m'aviez pas dit que vous possédiez un si précieux vignoble ! Au fait, pourquoi riez-vous ?

— Voici, mon gentilhomme : ce vin est bourguignon de naissance. Je ne l'appelle Château-Grivolet que lorsque celui qui le paie m'invite à le boire avec lui. C'est aujourd'hui le cas. Donc, à votre santé, Monseigneur, et à celle de votre douce amie !

III

LES CAPRICES D'UNE ABBESSE

Le patron des *Trois Maillets* avait bu à la douce amie de Robert.

La douce amie ! Hélas, ce n'était plus la blonde adolescente, la délicieuse compagne d'hier, l'ange déchu qui s'appelait Geneviève de Ricourt et qui pleurait son innocence perdue sur les froides dalles d'un couvent de province !

La femme, en puissance de toutes ses séductions, armée de tous les charmes que développe la passion, avait fait oublier la pauvre jeune fille, courbée comme un roseau au premier souffle de l'amour.

La douce amie, c'était l'altière et séduisante abbesse dont le regard provocateur avait troublé Robert jusqu'au fond de l'âme et brillait depuis, pendant toutes les nuits, comme une radieuse étoile.

Quelle était cette sirène dont le cœur battait si fort, même sous cette croix abbatiale qui aurait dû le protéger contre les tentations de la chair et l'ivresse des sens ?

Trois cardinaux ont régné en France : Richelieu, qui gouverna avec la hache du bourreau, sans souci des têtes illustres qu'elle faisait tomber ; Mazarin, qui régna par l'intrigue, et Fleury, qui chercha à abaisser la noblesse et à isoler la royauté.

Fleury, maître de Louis XV, comptait parmi ses

agents les plus dévoués, un certain abbé Jean-Marie de Pampelonne, d'une vieille famille de Rabasteins, qu'il réussit à faire nommer évêque d'Angers.

La monarchie ne distribuait pas de fonds secrets, mais des honneurs lucratifs.

Le petit abbé Languedocien dont la mère, née de Cransac, était la fille adultérine du fameux comte de Lauzun, avait trente-huit ans à peine sonnés lorsqu'on posa la mitre sur son front étonné.

Dès ce moment, il ne douta plus de rien et il sut si bien intriguer dans l'intérêt des siens qu'il fit nommer sa sœur, Marthe-Henriette, abbesse de Verrières.

La nouvelle dignitaire, quoique d'une beauté resplendissante, avait pris le voile dans un couvent d'Ursulines. Trop fière pour se mésallier, elle suivait tant bien que mal la règle de son ordre lorsque l'élévation subite de son frère vint illuminer sa froide cellule d'un rêve inespéré.

Et voilà qu'à vingt-huit ans elle portait la crosse d'or que les plus grandes dames avaient inutilement quémandée ! On ne pouvait décemment s'étonner d'une si précoce grandeur puisqu'elle était échue à la petite fille de Lauzun.

Après avoir été solennellement installée, Marthe de Pampelonne vit venir à elle tous les grands seigneurs qui tenaient à faire leur cour au cardinal Fleury, le tout-puissant ministre de Louis XV.

Le monde revivait pour elle, avec ses entraînements, avec ses séductions, avec ses périls.

Elle ne résista ni aux uns ni aux autres, douée d'un

tempérament de feu que tous les pompiers de l'amour furent impuissants à éteindre.

Quelques mois après son investiture, on félicitait à la cour le marquis de Malvoisin, un jeune et brillant gentilhomme de la Chambre du roi, d'avoir été distingué par l'abbesse de Verrières.

Le marquis passait ses étés en son château de Bures, situé à une lieue de l'abbaye et, beaucoup plus par distraction que par piété, il se faisait un plaisir d'assister aux offices du couvent où régnait sa future maîtresse.

Il la vit, gracieusement imposante dans la splendeur des cérémonies, il l'aima, le lui dit et apprit à son cœur vierge encore les délices profanes de la volupté.

Marthe de Pampelonne habitait un joli pavillon, meublé avec un goût exquis. A ce pavillon attenait un jardin, paradis minuscule où les plus belles fleurs encensaient avec leurs parfums variés la plus belle des abbesses. Une petite porte, assez grande cependant pour qu'on y passât sans se baisser, donnait sur les bois de Verrières.

C'est là qu'après le couvre-feu, et tandis que les nonnes sincèrement croyantes rêvaient des célestes joies réservées aux élues, c'est là qu'un carrosse s'arrêtait quelques minutes et disparaissait, au galop de deux chevaux fringants, pour déposer dans la cour d'honneur du château de Bures la femme dont le marquis de Malvoisin avait fait une ensorcelante pécheresse.

Ah ! que les nuits furent courtes pendant ces pre-
mières amours ! Il fallait rentrer avant le jour, avant
les indiscrètes chansons de l'alouette et, parfois, la
conversation des deux amants fut si intéressante, si
passionnée, que l'abbesse vaincue ne rentra pas.

Mais elle était bien maîtresse chez elle, et quand
elle ne répondait pas au *toc-toc* d'une sœur tourière,
c'est qu'il ne fallait pas insister.

Et on disait l'office sans elle, ce qui ne troublait
pas l'oraison des croyantes mais faisait chuchoter
entre elles les recluses impertinentes et les nonnes
que la grâce n'avait pas touchées.

Le marquis de Malvoisin dut bientôt faire une fin.
Il épousa une demoiselle d'honneur, favorite de la
reine et, pour ne pas perdre les avantages de sa nouvelle situation, il dut rester fidèle, au moins pendant
la lune de miel.

Marthe de Pampelonne était suffisamment initiée,
et, comme il y a des plaisirs dont on ne saurait se
passer, quand on y a goûté, elle continua à tirer le
verrou de la petite porte qui s'ouvrait sur tant de ter-
restre bonheur.

Elle eut cinq amants de diverses catégories, pas en
même temps, mais tour à tour.

Elle ne put résister au sémillant abbé de Bernis qui
devait plus tard chasser sur les terres de Louis XV
et consoler la Pompadour des trop fréquentes négli-
gences d'un roi blasé par les débauches quotidiennes
du Parc-aux-Cerfs.

L'abbé de Bernis était un séducteur dangereux. Il

Les cinq amants de Marthe
le Bernin
l'Intendant
le Chanoine d'Angers
l'amoureux Beausire

était venu à l'abbaye pour en féliciter la souveraine et lui déclarer que la beauté était le plus beau tribut que l'on pût payer à la divinité. Il fit bientôt litière de tous ses sentiments religieux, et il revint avec quelques-uns de ces vers galants qu'il tournait si bien et où, en fait d'autel, il ne s'agissait que de l'autel de Vénus.

Comme l'abbesse s'approchait de lui pour relire un quatrain qui l'avait frappée, peut être parce que c'était le plus insolent, l'abbé prit dans ses mains l'adorable tête de l'abbesse, choisit les lèvres, comme par hasard, et y déposa un de ces longs baisers qui vous font giffler ou vous rendent définitivement heureux.

Il ne fut pas question de giffles.

L'abbé sortit triomphant, par la grande porte, la porte à la grille discrète, et la sœur qui oubliait les noms en *ac* faillit lui demander sa bénédiction. Il l'aurait donnée, bien qu'il n'eût pas encore revêtu la pourpre romaine.

Le futur cardinal était d'une rare inconstance. D'ailleurs, à ses yeux, une abbesse qui n'était pas de maison princière ne valait pas l'honneur d'une longue passion. Et puis, il croyait fermement que, pour un galant éclipsé, l'abbesse ne chômerait pas.

Il était dans le vrai.

Parmi les religieuses de l'abbaye, il y avait une demoiselle de Lespinay à qui son frère, intendant à Alençon, faisait de fréquentes visites. Ce fonctionnaire était jeune encore, fort bel homme, élève distingué de l'immortelle école de don Juan, et, par conséquent, habitué à lire dans le regard des femmes la permission d'aller fort loin.

Il y alla. Et de deux.

Le troisième amant de l'abbesse de Verrières fut un robuste chanoine du chapitre d'Angers que l'évêque, son frère, lui avait adressé pour lui apprendre l'histoire ecclésiastique et les traditions concernant les dignitaires des ordres religieux. L'envoyé de Monseigneur d'Angers était un superbe mâle, et si la force ne triomphait pas de la faiblesse, je vous le demande, à quoi donc pourrait-elle servir ?

Le quatrième fournisseur amoureux de Marthe de Pampelonne était un très distingué président à mortier qui avait offert sa protection pour faire gagner à l'abbaye un important procès. Il n'avait que trente-cinq ans, malgré l'importance de sa charge. C'était un de ces beaux ténébreux dont les femmes aiment à soigner et à guérir la mélancolie. L'abbesse de Verrières lui offrit tant d'honoraires qu'il ne put les encaisser jusqu'au bout. Il mourut subitement, écrasé par le fardeau de la reconnaissance.

Le cinquième vainqueur de l'ardente nonne la tenait encore sous sa domination. C'était Henri-Lucien, comte de Beauvaisis, chevalier de Saint-Louis et capitaine des mousquetaires noirs. Très recherché par les dames de la cour, qui se l'arrachaient littéralement, Henri de Beauvaisis avait trouvé charmant d'avoir une femme qui ne l'obsédât pas de la jalousie de son mari et, peut-être, pervers comme on l'était à cette époque, était-il enchanté d'enlever au culte une de ses plus ravissantes prêtresses.

Peu gênée par tant de souvenirs, Marthe de Pampelonne, retirée dans son oratoire, s'il est permis d'appeler ainsi un boudoir avec tout ce qu'il fallait pour aimer — lisait justement une lettre de son beau capitaine lorsque la sœur tourière entra :

— Très Révérende mère, dit-elle d'un ton triomphant, votre parent, Monsieur le vicomte de *Révizac*.

L'abbesse ne put s'empêcher de hausser les épaules. Décidément, la sœur de garde n'avait pas la mémoire des noms propres. Et, en appuyant sur les dernières syllabes, elle dit à la sainte fille :

— Faites monter le vicomte de *Lé-vi-zac*.

Après avoir laissé son cheval au maréchal-ferrand *in-partibus* qui avait eu la malencontreuse idée de s'établir devant un couvent de femmes, Robert avait frappé légèrement, le guichet s'était ouvert et, aussitôt reconnu, quelques instants après il était introduit non plus dans le salon de l'aumônerie, mais dans une pièce, élégamment tendue de bleue, et où l'abbesse l'attendait, assise sur un moëlleux sopha.

Pendant qu'il s'inclinait profondément, elle lui présenta sa main à baiser.

Robert était si ému qu'il ne vit pas que c'était une main de reine ou de fée qui s'offrait à ses ardentes lèvres.

Marthe de Pampelonne lui montra un siège. Il s'assit presque en tremblant. Certes, il ne songeait pas alors à sa position future et aux avantages qu'il pouvait obtenir d'une si grande dame. Chez lui, l'amour était devenu plus fort que l'ambition.

Il aurait pu sans fatuité se comparer à Adonis car, dans plusieurs circonstances, des femmes, qu'aiguillonnait sa grâce virile, l'avaient presque fait rougir de la hardiesse suppliante de leurs regards.

Mais il ne songeait pas à lui. Pendant plusieurs nuits, il avait rêvé de l'éblouissante abbesse ; une fois même il s'était réveillé, croyant l'avoir tenue dans ses bras vainqueurs, et il s'était surpris tout en pleurs quand il s'était vu seul sur sa couche désertée par un si beau rêve.

L'abbesse jouissait de ce trouble délateur.

Elle se savait maîtresse de l'heure psychologique. Les joies promises ne pouvaient se faire attendre Elle aussi sentait bouillonner dans ses veines le sang brûlant de sa race et elle ne parlait pas, bien qu'elle n'eût qu'un mot à dire pour boire sans retard et à pleins bords la jeunesse et la volupté.

Elle ne parlait pas, et il y eut quelques moments inexprimables.

Marthe de Pampelonne se décida enfin à rompre le silence :

— J'ai pensé à vous, Monsieur de Lévizac, et voici une lettre qui comblera vos vœux. Elle est adressée à Monsieur le comte Henri de Beauvaisis, capitaine de la compagnie des mousquetaires noirs. Il m'a souvent témoigné sa respectueuse sympathie et je crois qu'il n'a rien à me refuser.

— Comment reconnaîtrai-je, Madame...

Robert s'était levé. Comme mû par un ressort, il tomba aux genoux de l'abbesse ; celle-ci prit sa tête, comme on prend celle d'un enfant qu'on veut caresser.

Soudain, une larme de Robert coula entre ses doigts fuselés.

Elle n'y tint plus.

Une demi-heure après, si Henri de Beauvaisis n'avait pas un successeur attitré, il avait toujours un suppléant.

Le vicomte de Lévizac se retira après avoir obtenu la permission de venir rendre compte de sa démarche.

Pendant que l'amoureux comblé reprenait son chemin, l'abbesse se disait qu'il y a des compagnies où les simples soldats valent mieux que les capitaines.

IV

UN CAPITAINE, UN AUBERGISTE ET UN CADET DE GASCOGNE

Nous voici dans un luxueux hôtel de la rue Séguier, dans cet antique quartier de la Monnaie qu'habitèrent tant de nobles familles, pendant le dix-septième et le dix-huitième siècles.

Dans un salon assez sombre, situé au rez-de-chaussée et donnant sur un jardin qui n'a pas encore complètement disparu, un homme d'une cinquantaine d'années et un jouvenceau, d'ailleurs admirablement bâti, se tiennent devant un vaste bureau, couvert de registres, l'un, assis et tenant une lettre qu'il se dispose à lire, l'autre, dans l'attitude respectueuse d'un inférieur.

L'homme assis, c'est Henri de Beauvaisis, capitaine de la compagnie des mousquetaires noirs.

Le jouvenceau, c'est le vicomte Robert de Lévizac.

Le dialogue suivant ne tarde pas à s'engager :

— Vous venez, Monsieur, de la part de Madame l'abbesse de Verrières...

— Oui, Monsieur.

— Et elle vous a remis cette lettre que voici pour m'annoncer votre visite... Quand cela ?

— Hier, Monsieur.

— Vous n'avez pas perdu de temps...

— J'étais si pressé d'avoir d'honneur de vous présenter mes hommages...

Le capitaine parut goûter la réponse. Puis, ayant regardé attentivement son interlocuteur, il se montra satisfait de son examen.

— Voyons ce que dit cette lettre et le capitaine lut tout haut :

« Mon cher comte, vous m'avez souvent mis en demeure de vous demander un service, comme un témoignage de votre respectueux dévouement. Je vous prie donc d'admettre dans votre compagnie de mousquetaires, mon parent, le vicomte Robert de

Lévizac, qui appartient à une des plus anciennes familles de l'Albigeois, alliée à la mienne depuis un temps immémorial. Je compte bien que vous ne marchanderez pas votre bienveillance à ce gentil-homme qui brûle de servir le roi à vos côtés. Veuillez me faire l'honneur de m'annoncer le succès de ma démarche car, s'il en était autrement, c'est la pre-mière déception que vous me causeriez.

Que Dieu garde votre précieuse santé,

MARTHE-HENRIETTE DE PAMPELONNE,

abbesse de Verrières. »

M. de Beauvaisis avait lu lentement et complai-samment cette missive habile, où la femme se subs-tituant à la religieuse, donnait au capitaine un certi-ficat qui n'était pas sans prix, surtout s'il était mérité.

En déposant la lettre sur son bureau, M. de Beau-vaisis dévisagea encore l'aspirant mousquetaire.

— Vous êtes parent de Madame de Pampelonne?

Robert ne se laissa pas surprendre par cette ques-tion un peu embarrassante.

— Mais oui, Monsieur, et on peut lire dans l'*Histoire du Languedoc* de Dom Vaissette que nous avons encore deux abbesses dans notre famille.

— En ce cas, reprit le capitaine, vous auriez peut-être mieux réussi dans les ordres.

— Je ne me crois pas la vocation, Monsieur, ré-pondit Robert, presque d'un ton grave.

Sur ces paroles, un peu jésuitiquement prononcées,

M. de Beauvaisis écarta certain soupçon qui lui avait traversé l'esprit et il eut un imperceptible sourire en songeant à certaines vocations religieuses.

— Puisque vous ne voulez pas être abbé mitré ou évêque, je vous prends avec moi, Monsieur, et ce soir même je fais prévenir par un courrier Madame l'abbesse de Verrières que vous appartenez à ma compagnie. Laissez-moi votre adresse et je vous avertirai du jour où vous devrez commencer votre service...

— Monsieur, dit Robert, je jure...

— Ne faisons pas de serments, mon ami, mais tenons-les.

Et Robert écrivit sur une feuille blanche : vicomte de Lévizac, à l'auberge des *Trois Maillets*, rue de la Cossonnerie.

— Je la connais votre auberge : j'y ai logé il y a vingt-cinq ans. Est-ce que maître Grivolet la tient toujours ?

— Toujours, Monsieur.

— L'excellent homme, et quel cuisinier !

— Je lui rapporterai vos paroles, Monsieur, elles seront l'honneur de sa carrière.

M. de Beauvaisis fut flatté de la réflexion et il tendit la main à Robert en lui disant :

— A bientôt, mon ami !

Le vicomte était radieux quand il sortit de l'Hôtel de la rue de Séguier.

Il y avait bien de quoi. Il avait désormais le vivre, le couvert et le reste.

Il n'avait guère que la Seine à traverser pous rentrer chez lui.

En pénétrant dans la grande salle de l'auberge, il
aperçut maître Grivolet qui surveillait la broche où
rôtissait une dinde gigantesque.

Robert, heureux de faire part de sa joie à quelqu'un
annonça à son hôtelier qu'il entrait dans les mousquetaires noirs, qu'il en avait reçu l'assurance du
capitaine de la compagnie.

— Et savez-vous quel est ce capitaine, maître Grivolet, et ce qu'il m'a dit ?

Pour une fois dans sa vie, le patron des *Trois
Maillets*, négligea de surveiller sa broche et, ouvrant
de grands yeux, il attendait, n'ayant pas la prétention
de deviner.

— Le capitaine des mousquetaires noirs, c'est le
comte de Beauvaisis, votre ancien client. Et il m'a
dit que vous étiez le plus brave homme du monde et
le meilleur cuisinier qu'il ait connu.

— Il vous a dit cela !

Maître Grivolet se retourna vers la léchefrite et
deux grosses larmes se mêlèrent aux pleurs de la
dinde qui valsait désespérément devant l'âtre.

L'infortunée danseuse, la volaille dorée qui tournait comme un derviche devant les bûches em-
brasées, approchait de l'heure du suprême dépèce-
ment.

Le dîner fut bientôt servi.

Cette fois, Robert de Lévizac n'était pas seul. Il
avait distingué parmi les commensaux des *Trois*

Maillets, un gentilhomme Gascon, le chevalier de Lescalière, qui lui avait paru, à juste titre, un très gai compagnon.

A l'âge de Robert, on n'aime pas la solitude et, plutôt que de se passer d'un camarade, on s'accommode du premier venu.

Depuis bientôt deux ans, Annibal de Lescalière était venu chercher fortune à Paris.

Jusqu'à ce jour, il n'avait pas atteint son but.

Cependant, avec son costume fané qui trahissait des services supérieurs à sa destinée, avec son épée qui semblait contemporaine de la Durandal et qu'il portait avec la crânerie d'un soudard triomphant, il avait réellement bon air. Et puis de l'esprit à en revendre, si les imbéciles pouvaient en acheter.

Robert le fit prier, par l'intermédiaire de maître Grivolet, de vouloir bien partager son repas.

Le patron des *Trois Maillets* qui avait la certitude, assez rare, que le dîner de son client Gascon lui serait payé, s'empressa de faise la commission, et le chevalier de Lescalière vint aussitôt remercier son amphytrion de l'honneur qu'il lui faisait.

Robert et Annibal s'assirent et, pendant quelques minutes, ils mangèrent tous deux avec un admirable appétit.

Quand la dinde arriva, — maître Grivolet avait voulu la faire déguster tout d'abord par son meilleur pensionnaire, au risque de se faire intenter un procès par ses basochiens, — la conversation venait de s'engager.

Robert, dont le cœur débordait, se fit une joie de raconter son entrevue avec le comte de Beauvaisis et d'annoncer son entrée toute prochaine dans les mousquetaires noirs.

— Pourrais-je savoir, dit-il après avoir fait sa confidence à son compagnon, ce que vous faites à Paris ?

— Moi ! dit Annibal, dont le bon vin commençait à délier la langue. J'attends tout simplement que les médecins me rendent ma pension.

— Ah ! vous êtes pensionnaire de la faculté ! Je ne savais pas...

— Vous ne pouvez pas savoir, cher vicomte. Voici la vérité : je suis l'amant de la femme d'un conseiller et, en ce moment, elle est sérieusement malade.

— Vous l'avez trop fatiguée ?

— Peut-être !

Et comme le Château-Grivolet commençait à provoquer les aveux, Annibal de Lescalière raconta son histoire :

« Je suis venu à Paris, dit-il après avoir bu un verre rempli jusqu'au bord, parce qu'un homme de ma valeur ne peut pas végéter en province. Je suis las des cousines qui finissent toujours par avouer qu'on les a chiffonnées. J'ai vingt-cinq ans, un nom et une ambition sans mesure. Si un Lescalière n'était pas ambitieux, qui le serait, je vous le demande ? Mon père a été un des camarades d'enfance de Lebel. Dans ces conditions, on ne peut pas ne pas réussir.

— Lebel ? dit Robert.

— Vous ne connaissez pas Lebel ? Enfant ! c'est le valet de chambre de Sa Majesté, c'est le tout-puissant pourvoyeur du Parc-aux-Cerfs. C'est lui qui choisit les maîtresses du roi et, pour n'avoir pas de reproches, il prend des fillettes qui ne savent pas encore ce que c'est qu'un baiser. Mais il paraît que notre bien-aimé monarque a des aptitudes pour la pédagogie amoureuse. Le croiriez-vous ? Avant ou après, il donne des leçons d'écriture. On prétend même que, depuis les Carlovingiens, il n'y a pas eu sur le trône un calligraphe de sa force. En résumé, les services de Lebel sont très largement payés, et un collaborateur de mon goût n'est pas à dédaigner. Je ne redoute qu'une chose, c'est que le roi me trouve trop jeune. Que voulez-vous y faire ? Tout le monde ne peut pas être né sous Henri IV ! »

Tous les scrupules des gens de l'époque, courtisans avérés ou ambitieux hobereaux, s'envolaient comme une compagnie de perdrix éventant un chasseur, quand il s'agissait de Sa Majesté Louis XV.

Robert de Lévizac, qui était de son temps, fut surpris mais non pas scandalisé des révélations du chevalier.

Et celui-ci continua :

« En attendant d'avoir une mission, je suis poète. Je fais des vers à toutes les grandes dames que je puis aborder. Elles adorent l'acrostiche, parce qu'elles ont des chances qu'il n'ait été composé que pour elles seules. Quelquefois, c'est inutilement que je rime, mais souvent, ça prend comme de la glu.

La femme est sentimentale et son orgueil s'appelle de la coquetterie. Elle ne résiste que rarement à celui qui la compare à Vénus et moi je ne manque jamais l'occasion. Aussi, ce que je dois de caresses à la mythologie ! J'ai un sonnet sur la déesse blonde que j'ai dédié plus de vingt fois avec un succès invraisemblable. Une autre fois, je vous le dirai. C'est grâce à lui que j'ai conquis la belle Madame d'Osval la jeune femme d'un vieux conseiller. Et comme elle est blonde, je n'ai pas eu besoin de changer les rimes de mon sonnet en Normandie. Depuis le printemps dernier, ma Vénus aux yeux bleus ne pouvait pas se passer de moi. Mais voilà trois semaines qu'elle garde le lit. Impossible de pénétrer jusqu'à elle. D'ailleurs, on a chassé la soubrette qui nous servait de trait-d'union. Ah ! comme ils avaient raison, nos ancêtres, de dire qu'un malheur n'arrive jamais seul !

—Mais elle guérira, votre conseillère. En attendant.

— En attendant, je travaille dans les modes.

Et comme Robert l'interrogeait du regard, ne comprenant pas trop qu'il pût fignoler un chapeau ou réussir un nœud de rubans :

—Oui, continua Annibal. J'ai découvert, au Marais, un magasin de modes dont les ouvrières sont toutes plus jolies les unes que les autres. J'ai choisi la plus blonde, naturellement, et tous les deux nous mourons d'amour et de faim. Mon adorée s'appelle Etiennette. Dans les bons moments, je n'ai jamais vu un enthousiasme pareil. Et elle rit tout le temps. Elle vous désarmerait un Carme. Ce n'est pas comme Madame d'Osval qui m'arrose de ses larmes. Heureusement, je sais nager. »

— Et vous la voyez souvent, votre charmante Etiennette ?

— Quand je ne vais pas la prendre, à la sortie du travail, c'est elle qui me cherche. Et elle vous a un flair ! Elle me trouverait dans une cave.

— C'est très bien cela...

— Oui, pour ceux qui ont soif. Tenez ! ce soir même j'ai rendez-vous avec Etiennette pour aller souper avec elle au cabaret de Ramponneau. Je n'irai pas.

— Et pourquoi ?

— Parce que la lettre de change que m'envoie régulièrement mon père n'est pas arrivée. On aura sûrement dévalisé le courrier. Ça n'arrive qu'à moi..

— Et à lui... Votre père est riche, sans doute...

— Tout le pays lui appartient.

Et le Languedocien Robert qui n'était pas fâché de railler doucement un Gascon, ajouta :

— Votre père possède toute la Gascogne?

— Presque, répondit de Lescalière, qu'on ne démontait pas facilement.

A la fin du dîner, Robert de Lévizac, ne sentant pas le besoin de tromper une maîtresse qui, d'ailleurs ne lui en avait pas laissé la force, glissa un louis d'or dans la main d'Annibal.

Celui-ci sursauta de plaisir. Il y avait longtemps qu'il n'avait possédé une pièce à l'effigie de son roi, et une pièce d'or encore. Il l'examina quelques instants, comme un caissier responsable des sommes qu'on lui verse.

Après son indiscret contrôle, il crut devoir parler avec indignation de la police de France qui ne veillait pas assez sur le courrier de Gascogne, puis il s'écria dans un élan de reconnaissance :

— Que Jeanne vous bénisse ! Et vous savez, elle a des amies ravissantes, et si vous aimez les brunes, vous ne me trouverez jamais sur votre chemin.

En prenant congé d'Annibal de Lescalière, Robert de Lévizac murmura :

— Oui, je n'aime que les brunes...

L'ingrat ! Il oubliait la blonde Geneviève de Ricourt qui, là-bas, au pays lointain, pleurait sa première faute et sa jeunesse ensevelie.

En montant à sa chambre, il ne songeait qu'à Marthe de Pampelonne, aux cheveux veloutés et brillants comme une aile de corbeau, aux yeux étincelants et noirs dont le regard, chargé de passion, semblait toujours dire : Encore !

A peine sorti de l'auberge, Annibal aperçut une forme gracieuse. C'était Etiennette qui se morfondait sous la porte cochère de la maison d'en face.

— C'est gentil, dit-elle. Tu venais me chercher ?

— Oh ! non... Je savais bien que tu viendrais...

— Qui te l'avait dit ?

Le chevalier de Lescalière que la possession d'un louis d'or rendait encore plus galant que de coutume frappa sur sa poitrine et répondit,

— Qui me l'avait dit ? Mon cœur !

V

LE CORPS DES MOUSQUETAIRES

Après avoir passé une nuit blanche, car Robert de Lévizac, qui avait repoussé le sommeil pour rêver à son aise de sa maîtresse et de son entrée prochaine aux mousquetaires noirs, profita des premiers rayons du jour pour écrire à son père.

Il lui répugnait d'admettre que celui-ci ne reviendrait pas sur la terrible décision qu'il avait prise.

Robert avait deux raisons pour prendre la plume, l'une, pratique, l'autre, sentimentale.

Cette dernière aurait à peine besoin d'être expliquée. Le vicomte aimait sa mère à l'adoration. Son affection était restée endormie, pendant qu'il pouvait voir tous les jours la pauvre comtesse, clouée à vie sur son fauteuil. Mais elle s'était réveillée pleine de tendresse avec l'absence, peut-être éternelle.

La raison pratique était celle-ci : quoique Robert n'eût pas épuisé la somme assez considérable qu'il avait reçue au moment de son expulsion de la maison paternelle, il avait encore besoin de l'aide des siens, parce que les mousquetaires devaient s'équiper eux-mêmes et pourvoir à une foule de charges qui interdisaient à la noblesse pauvre de songer à faire partie de ce corps aristocratique.

Robert annonçait donc à son père la rare fortune qui venait de lui échoir en racontant fidèlement son

O. HAMEL

entrevue avec le comte de Beauvaisis, son futur capitaine.

Les romanciers ont donné des renseignements si
fantaisistes sur le corps des mousquetaires qu'il est
bon de rétablir la vérité à leur égard.

Henri IV avait créé une compagnie de chevau-
légers navarrais.

Il en était le capitaine et en gardait toujours dans
sa chambre les étendards. Chaque matin un chevau-
léger venait prendre le mot d'ordre de sa bouche.

Les rois Louis XIV et Louis XV portaient habituellement, à la guerre, le costume de capitaine de ce
corps d'élite. C'est dire le cas qu'ils en faisaient.

La compagnie de chevau-légers navarrais comptait dans ses rangs, en 1620, sous le nom de carabins,
des soldats de fortune, chargés du rôle d'éclaireurs.

Ces hommes furent réunis en 1622 en une compagnie qui prit le nom de Grands Mousquetaires du
roi.

Le capitaine de cette nouvelle troupe resta longtemps le subordonné du capitaine-lieutenant des
chevau-légers.

Dans ce corps on admettait indistinctement des
gentilshommes ou des soldats éprouvés.

La mode s'établit bientôt de servir aux mousquetaires et, depuis Louis XIV, c'est là que venaient s'en-
rôler les jeunes gens qui se destinaient à la carrière
militaire.

C'était, pour ainsi dire, une véritable école de guerre.

pour tous ceux qui, plus tard, voulaient obtenir la permission d'acheter ou de lever une compagnie.

C'est là aussi que Louis XIV fit servir son petit-fils, le duc de Bourgogne, âgé de sept ans.

Les mousquetaires s'engageaient de dix-sept à vingt ans, mais s'il y avait beaucoup d'appelés, il y avait peu d'élus.

Ils restaient trois ans à la compagnie, puis ils obtenaient une commission de capitaine.

Ceux qui restaient parvenaient, à l'ancienneté, aux grades et pensions que le roi avait créés pour les cinquante-deux plus anciens.

Cette pension était de deux cent cinquante livres annuelles.

Les mousquetaires payaient tout leur équipage de leurs deniers.

Ils ne recevaient même pas le fusil. Cependant, la subreveste, sorte de justaucorps sans manche dont ils devaient se revêtir dans le service, appartenait au roi. Son usage datait de 1685 seulement.

Les mousquetaires, comme les dragons, faisaient alors un service d'infanterie.

Ils avaient en ce cas un drapeau pour enseigne.

Si les régiments des gardes à pied, françaises ou suisses, ne pouvaient fournir, les mousquetaires prenaient la garde et veillaient aux abords de la résidence royale.

Les exercices militaires, la manière de combattre étaient ceux des dragons ; c'est pour cela que nous les voyons aux tranchées devant Valenciennes en 1677.

Vers la fin du règne de Louis XIV, ils servirent davantage comme troupes à cheval.

Enfin, sous Louis XV, ils étaient devenus habituellement troupes de cavalerie.

La compagnie unique se composa d'abord d'un capitaine, d'un lieutenant, de deux maréchaux-des-logis aides-majors, de huit maréchaux, de quatre brigadiers et seize sous-brigadiers, de deux sous-aides-majors, de quatre porte-étendard, d'un porte-drapeau, d'un fourrier, de six tambours, de quatre hautbois et de cent cinquante-six mousquetaires.

Ces gentilshommes devaient, sur leur solde, entretenir un valet et un cheval pour leur service personnel.

Une seconde compagnie fut formée par le cardinal Mazarin en 1651 pour sa sûreté personnelle.

Elle fut léguée au roi qui la mit dans sa garde en 1661.

Ces deux compagnies furent réorganisées quatre ans plus tard.

Elles logeaient à Paris dans un hôtel particulier : la première compagnie, rue du Bac, la deuxième, rue de Charenton.

Le drapeau et les quatre étendards de chaque compagnie étaient déposés chez le roi, et douze mousquetaires venaient au château tous les cinq jours pour leur garde.

La première compagnie était tout entière montée sur des chevaux gris, la seconde sur des chevaux noirs.

De là les appellations de mousquetaires gris et mousquetaires noirs.

Leur habit entièrement rouge était bordé de fil d'or ; les boutons étaient dorés, ainsi que les boutonnières.

L'équipage du cheval était en drap rouge galonné d'or, pour la première compagnie.

La seconde compagnie avait les boutons, les boutonnières et les galons en argent.

Le chapeau était de feutre noir, bordé d'or ou d'argent et à plumet blanc.

Le vêtement caractéristique des mousquetaires, la subreveste, était un surtout sans manche qui s'agrafait sous le bras. Il était en drap bleu doublé de rouge, galonné d'argent suivant le grade et orné sur la poitrine et le dos d'une croix de velours blanc, fleur de lis d'argent aux branches, à flamme rouge et argent pour la première compagnie, jaune et argent pour la deuxième.

Les officiers ne portaient jamais cette subreveste ; à la guerre, ils avaient la cuirasse double.

L'armement des mousquetaires consistait en un sabre de trente-trois pouces de lame, deux pistolets, un fusil à baïonnette qu'ils portaient attaché à la selle, comme les dragons, la crosse en bas.

Les tambours portaient la grande livrée du roi, qui était capitaine titulaire des deux compagnies.

Les banderolles des hautbois ressemblaient aux banderolles des trompettes en usage dans la maison du roi.

La caisse des tambours était peinte en bleu et portaient les armes de France.

Trois jours après sa visite au comte de Beauvaisis, Robert de Lévizac reçut l'ordre de se rendre à l'hôtel-caserne des mousquetaires noirs, rue de Charenton.

Il fut admis auprès d'un lieutenant qui lui annonça que, prêt ou non à s'équiper de ses deniers, il faisait désormais partie de la compagnie.

Robert annonça qu'il avait encore plus de douze cents livres, somme parfaitement suffisante pour le moment.

C'était un lundi qu'il avait rendu visite au second de M. de Beauvaisis.

Le samedi suivant, Robert de Lévizac portait l'habit rouge avec boutons et boutonnières d'argent, la subreveste avec la croix de velours blanc et l'élégant chapeau à plumes blanches, uniforme rêvé par tous les jeunes gens de l'époque, parce que ceux qui avaient l'honneur de le porter pouvaient être réellement considérés comme les gardes du corps de Sa Majesté Louis XV.

VI

UNE FEMME DE FEU

L'abbesse de Verrières n'avait pas demandé l'adresse de Robert de Lévizac.

Et déjà, elle le regrettait amèrement.

De tous les beaux cavaliers à qui elle avait prodigué ses faveurs, il n'en était pas un qui put être comparé, dans son esprit reconnaissant au jeune gentilhomme languedocien.

Et elle rêvait, se rendant à peine compte des sentiments qu'elle éprouvait, lorsque survint la troisième visite de son protégé.

Robert portait cette fois le costume de mousquetaire, — un mousquetaire au couvent, — et avec quelle grâce !

Marthe de Pampelonne se jeta dans ses bras, et il ne fut plus question du succès de sa démarche ni de M. le comte de Beauvaisis.

Les deux amants avaient d'autres préoccupations.

Et ce fut un long duo passionné qui se serait éternisé si le cheval de Robert, toujours confié au maréchal d'en face n'avait été là, comme une pièce de conviction entretenue avec de l'avoine.

Il était près de sept heures, — mais à cette saison de l'année les jours étaient longs, — lorsqu'une voiture s'arrêta devant la porte du jardin de l'abbesse.

Celle-ci, en entendant le piétinement des bêtes fougueuses attelées au carrosse, s'approcha de la fenêtre, et elle ne pût se défendre de pâlir en reconnaissant l'attelage de M. le comte de Beauvaisis.

Les femmes en faute ont de ces résolutions aussi habiles que subites qui font gagner aux chefs d'armée des batailles douteuses.

Marthe de Pampelonne souleva rapidement une

tenture derrière laquelle s'ouvrait un cabinet très noir où elle poussa Robert de Lévizac en lui disant impérieusement :

— Là, jusqu'à nouvel ordre !

Et elle descendit à la hâte pour aller tirer le verrou du jardin et recevoir le capitaine des mousquetaires.

L'abbesse et M. de Beauvaisis étaient installés au bout de quelques minutes dans le salon tendu de bleu, où, quelques heures auparavant, Marthe de Pampelonne s'abandonnait sans réserve aux irrespectueuses effusions de son bouillant protégé.

L'abbesse s'assit sur le sopha, meuble d'une absolue discrétion, qui reprenait après les plus chaudes luttes, l'aspect toujours confortable, mais toujours sévère, d'un canapé de monastère bien tenu.

M. de Beauvaisis, par droit de conquête, s'assit à l'autre extrémité.

Marthe de Pampelonne attaqua l'officier.

— Je ne m'attendais pas, cher comte, à l'honneur de votre visite.

— Vous ne m'attendez jamais...

— Non seulement vous n'êtes pas galant, mais vous êtes injuste.

— Je viens pourtant vous rassurer sur le sort de votre parent.

— Ah ! C'est convenu, n'est-ce pas, dit-elle d'un ton enjoué ?

— Parbleu ! Est-ce qu'on peut vous refuser quelque chose !

— Je vous remercie d'être venu m'annoncer la bonne nouvelle, cher comte, et elle lui tendit gracieusement la main.

— La main ! s'écria presque indignée M. de Beauvaisis.

— Je ne peux pourtant pas me jeter à vos pieds parce que je vous ai adressé un charmant mousquetaire... L'honneur sera pour vous.

— Il est charmant, en effet. Ils sont tous comme lui, dans votre famille ?

— Jugez-en par les femmes.

Robert entendait tout au fond de sa cachette, et il jugea la réponse un peu provocante.

— Je suis donc venu, reprit le comte, premièrement pour vous prouver que vos moindres désirs sont sacrés pour moi ; secondement...

— Secondement ?

— Pour voir s'il reste dans votre cœur un peu de reconnaissance...

— Donnant donnant, paraît-il ? Vous êtes comme les marchands, mon cher comte. C'est pourtant si doux de rendre un service avec la certitude de ne pas en être payé. C'est beau, allez, la reconnaissance, même chez les mousquetaires !

M. de Beauvaisis eut un mouvement d'humeur. Il n'avait jamais vu l'abbesse de Verrières aussi peu pressée de lui être agréable.

Cependant, elle se laissa prendre la main, mais om me le capitaine cherchait à passer les bras autour

de sa taille divine, elle lui dit d'une voix à peine per-
ceptible :

— Pas aujourd'hui ! Je suis en retraite.

Le comte, qui était devenu indiscret par politesse
plutôt que par besoin, — n'oublions pas qu'il avait
cinquante ans bien sonnés, — prit un air désespéré.

— Et quand je suis en retraite, reprit l'abbesse, si
je reçois mes meilleurs amis, c'est avec le regret de
les quitter trop tôt.

Et elle se leva, avec un air de singulière autorité,
un de ces airs qui donnent un congé poli, mais définitif.

— Je ne veux pas, dit M. de Beauvaisis, vous empêcher de remplir les devoirs de votre sainte charge.

Et il appuya un peu ironiquement sur le mot
sainte.

— Je vous ai toujours reconnu comme le plus galant homme qu'on puisse rêver, déclara l'abbesse,
enchantée de la tournure que prenait les choses. Ah !
comme je comprends les succès que vous avez à la
cour !

— Le fait est, dit en souriant M. de Beauvaisis,
que si l'on y fait des retraites, on trouve toujours
l'occasion de les interrompre. Il y a des abstinences
si cruelles.

— Impie ! s'écria l'abbesse. Sortez ou je ne vous
revois plus.

Elle donna cet ordre d'un ton si scandalisé que
le capitaine des mousquetaires lui baisa la main avec
un respect inaccoutumé, descendit seul les marches

qui conduisaient au jardin, tira le verrou qu'il connaissait bien et cria au cocher : « A Paris ! »

Au fond, il n'était pas trop malheureux de sa déconvenue. Sa maîtresse avait des exigences qu'il n'était pas en son pouvoir de satisfaire jusqu'au bout. M. de Beauvaisis était pareil à ces auteurs qui réservent tout leur talent pour la préface, et Marthe-Henriette de Pampelonne voulait lire le livre tout entier et, par conséquent, s'offensait des passages insignifiants.

La voiture disparue, l'abbesse releva la tenture et délivra le jeune prisonnier.

Sachant bien qu'il avait entendu la plus grande partie du colloque, assez peu compromettant, d'ailleurs, elle voulut encore en atténuer l'effet.

— Vous voyez, mon cher Robert, c'est toujours comme cela. Je suis toujours en retraite pour votre capitaine.

— Comment, il oserait...

— Mais, cher ami, les hommes osent toujours ! Le comte de Beauvaisis passe pour un don Juan. C'est encore de la charité que de lui laisser croire qu'il est toujours en activité de service.

— Alors, jamais...

— Vous me questionnez, vilain jaloux ?

L'abbesse comprit qu'il fallait pardonner et si un sopha écrivait ses *Mémoires*, il aurait pu faire une confidence de plus.

C'est qu'elle était véritablement insatiable, l'ardente abbesse de Verrières. C'était Vénus à sa proie attachée, avec d'impétueux désirs, renaissant au premier regard des beaux yeux qui l'avaient conquise.

Du reste, jusqu'à présent, rien de platonique dans ses amours. L'âme et le cœur ne prenaient aucune part à son ivresse. Le corps seul se donnait avec une farouche audace. Elle essayait les hommes, comme un cavalier, ses chevaux. Et quand elle avait trouvé les bras attendus, elle s'y réfugiait sans réserve jusqu'au dernier frémissement de sa chair, jusqu'au dernier souffle de son baiser.

Et pourtant, malgré de persévérantes expériences, elle n'était pas encore satisfaite.

Dans le marquis de Malvoisin, elle avait aimé l'initiateur seulement, celui qui lui avait entr'ouvert le paradis des étreintes rêvées pendant les nuits douloureusement solitaires du cloître.

Qui dira les tourments de ces nuits, quand la jeune fille, dévorée par des feux inconnus, appelle avec des larmes amères et d'inquiétants sursauts, les vigoureux baisers du mâle, fût-il le premier venu !

Ah ! si dans les refuges de vierges, que transfigurent et torturent les crises de la puberté, luxueuse chambre, humble mansarde ou cellule glacée, si le libérateur apparaissait en plein rêve, gentilhomme ou jardinier, grand seigneur ou valet, pourvu qu'il fut jeune et beau, quelle riche moisson s'offrirait à ses mains hasardeuses !

Il n'aurait pas besoin de lutter pour vaincre car le premier cri d'effroi qu'il pourrait provoquer expirerait sur des lèvres ravies !

C'est que la femme a des trésors qui ne comptent que lorsqu'ils sont volés et qu'il serait bien inutile d'être la plus parfaite des fleurs, si l'air indifférent devait seul aspirer ses parfums.

Marthe de Pampelonne les avait connues, ces angoisses de la solitude, cette pauvreté des sens affamés qui n'a pas à recueillir l'aumône d'un baiser. Et elle s'énivrait gloutonnement d'amour comme se gorge un chemineau à qui le hasard offre un copieux repas.

Elle prenait enfin la revanche de ces longues et mortelles heures pendant lesquelles elle tendait pitoyablement les bras vers l'amant inconnu, retombant sur sa couche, le sein gonflé de désirs inapaisés.

Jusqu'alors, elle n'avait pas trouvé de coupe assez pleine pour avoir raison de sa soif dévorante.

L'abbé de Bernis, d'une coquetterie de femme et d'une fatuité de cabotin, s'admirait dans ses yeux comme dans un miroir. Plus heureux de faire un bon sonnet que d'enthousiasmer une amoureuse, il réservait ses munitions, comme un chasseur qui ne veut pas être pris au dépourvu. Eût-il été de force à soutenir l'attaque qu'il eut gardé ses meilleures armes afin de conquérir une femme assez puissante pour le faire sacrer prince de l'Eglise romaine.

L'intendant d'Alençon, M. de Lespinay, qui avait fort intéressé Marthe de Pampelonne, n'était qu'un galant de passage, ayant en province l'emploi de ses moyens, ou bien une femme avisée que la supériorité de ses talents devait rendre affreusement jalouse.

Le président à mortier qui lui avait succédé avait plus de charme dans les yeux que d'arguments dans ses bagages, et il n'avait pas assez d'estomac pour manger à la même table que l'abbesse de Verrières.

Enfin, le comte de Beauvaisis était au seuil de l'âge où finissent les aventures et où commencent les souvenirs. On l'aimait un peu parce qu'il avait été passionnément aimé par d'autres.

La plupart des femmes se complaisent à voir à leurs pieds les hommes victorieux pour qui se dénouèrent les plus brillantes ceintures.

Marthe de Pampelonne n'avait donc pas encore trouvé son idéal, bien qu'elle eût mis de la bonne volonté dans ses recherches.

Elle allait aborder la terre promise.

Lorsque Robert de Lévizac la quitta, après avoir attendu dans un sombre cabinet la fin de la visite de son capitaine et témoigné à sa protectrice, à plusieurs, reprises, son inextinguible reconnaissance, l'abbesse de Verrières se surprit toute pensive et singulièrement émue.

Elle avait trente-deux ans, un âge où toutes les fleurs de l'âme sont merveilleusement épanouies, où les désirs connaissent toutes l'étendue de leur domaine, un âge où la femme est consciente des superbes mais passagères ivresses de la volupté.

Plusieurs fois déjà, elle avait tenu dans ses bras frissonnants le plus beaux des cavaliers qu'elle eût

encore attelés à son char, et maintenant, Robert de
Lévizac lui paraissait incomparable.

La nuit suivante, elle ne put se détacher de son
souvenir. Pour la première fois, Marthe de Pampelonne aimait quelqu'un.

VII

LE ROMAN DE L'AIEUL

Le premier service intéressant dont Robert de Lévizac fut chargé aux mousquetaires, fut d'escorter le
roi, avec six de ses camarades, jusqu'au château de
Choisy-le-Roi.

Louis XV avait trois gentilshommes dans son carrosse, le prince de Soubise, le duc de Richelieu et le
comte Henri de Beauvaisis.

Deux dames de la Cour, Mme de Mirepoix et
Mme de Forcalquier, les attendaient pour assister à
un de ces petits soupers si célèbres dans l'histoire
galante de l'époque.

Le château de Choisy! Que de plaisirs bruyants et
que de sombres mélancolies, que d'aveux passionnés
et que de tendres reproches, que de mésalliances et
de dérogations ce nom ne rappelle-t-il pas?

Bosquets silencieux, sentiers abandonnés, ruines
désertes, vous retentissez encore des plaintes amou-
reuses de Mlle de Montpensier, fille de Henri IV, et
des grossiers jurons dont les entremêlaient l'auda-
cieux Lauzun, son amant et son époux d'un jour.

Partout, dans ces lieux magiques, l'imagination recevait mille impressions suggestives.

C'est la *grande demoiselle*, comme on appelait de son temps Mlle de Montpensier, qui, pour se créer un boudoir champêtre, alla le chercher dans le village de Choisy.

Placée sur les bords de la Seine, au milieu de plantations d'arbres de toutes les essences, entourée de nombreuses allées de tilleuls, de saules et de peupliers, sa nouvelle demeure s'harmonisait parfaitement avec l'état de son âme.

On rapporte un fait extraordinaire arrivé à Mlle de Montpensier dans le jardin du Luxembourg et qui aurait été la prédiction de quelques événements de sa vie agitée.

Un jour qu'elle se promenait seule dans une longue allée ombragée de tilleuls, un vieillard se présenta tout à coup à elle et voulut lui parler.

La princesse, effrayée de cette subite apparition, eut à peine assez de force pour crier et s'enfuir vers le palais.

Ses gens accoururent aussitôt et on fit de nombreuses recherches qui restèrent inutiles.

Peu de jours après, lorsque sa frayeur était dissipée, elle aperçut encore devant elle le vieillard qui, avec un air suppliant, manifesta encore le désir de lui adresser la parole.

Cette fois, tremblant de tous ses membres, la princesse poussa un cri, mais elle ne put faire un seul pas.

Bientôt elle s'évanouit et tomba sur le gazon en fleur qui bordait le chemin.

Quelque temps après, elle revint à elle ; elle était entourée de tous les gens de sa maison, et tenait à la main un papier qu'elle serrait convulsivement.

Tout le monde soupçonna que le papier provenait du vieillard qui, désespérant de se faire entendre de la princesse, avait voulu lui communiquer par écrit ce qu'il avait l'intention de lui révéler.

Ce papier renfermait trois dessins d'une perfection admirable.

Le premier représentait un navire porté sur le sommet d'une vague, et dans le navire un serpent levant une tête orgueilleuse au-dessus de l'élément en courroux.

Le second représentait un naufrage : on y voyait les débris d'un navire flottant sur les ondes, et le serpent du premier dessin recueilli, au moment où il allait périr, par une femme au front noble et à l'air compatissant.

Le troisième représentait un château baigné par une rivière. Dans le lointain, on apercevait les tours de Notre-Dame ; au milieu d'un massif, la femme du second dessin, blessée par le serpent qu'elle avait secouru.

Par la suite, Mademoiselle reconnut dans le serpent l'ambitieux Lauzun ; dans le château, Choisy, au bord de la Seine ; dans la femme au front noble, elle-même.

Lauzun offre un des exemples les plus curieux de

O'HAMEL

la bonne ou mauvaise fortune qui peut ballotter un courtisan.

C'est de lui que La Bruyère a dit : « Sa vie est un roman : non, il lui manque le vraisemblable ».

Né avec le titre de marquis de Puiguilhem, il fut accueilli sous ce nom par le maréchal de Grammont, allié à sa famille.

Le comte de Guiche, fils du maréchal, introduisit Puiguilhem chez la comtesse de Soissons, nièce de Mazarin, et qui, par droit de famille, avait succédé dans le cœur de Sa Majesté à Laure Mancini, sa sœur.

La comtesse de Soissons était alors reine de la cour. Elle était la dispensatrice des grâces et des honneurs.

Le roi ne lui refusait rien et le comte de Guiche, à son tour, pouvait tout sur la comtesse.

Puiguilhem, adroit et insinuant, sut profiter habilement de la circonstance des deux amours dont la comtesse était l'héroïne.

Il parvint à se mettre très bien avec le roi, et bientôt, il put se considérer comme un des favoris les plus heureux.

Il reçut d'abord un régiment, puis il fut nommé maréchal de camp, puis colonel-général des dragons, charge expressément créée pour lui.

Puiguilhem n'était pas encore satisfait de sa position ; son ambition croissant avec sa faveur, il aspirait aux dignités les plus élevées de l'Etat.

Par le moyen de la comtesse de Soissons, il eut

vent, un des premiers, de la démission que venait de donner Mazarin de sa dignité de grand-maître de l'artillerie.

Il la demanda aussitôt au roi, qui la lui promit sans difficulté, en fixant même le jour de sa nomination, et en lui recommandant de tenir sur cette affaire le voile du secret.

C'était un des plus beaux emplois du royaume que celui que visait Puiguilhem, futur comte de Lauzun.

Le grand-maître de l'artillerie marchait de pair avec le ministre de la guerre, et ne déférait à ses ordres que par pure condescendance d'étiquette.

Louvois, le ministre de la guerre d'alors, était très jaloux de son autorité.

Il n'aimait pas Puiguilhem dont la fierté et la faveur lui portait ombrage.

Ayant appris, par les indiscrétions du marquis, la promesse qui lui avait été faite, il alla supplier le roi de ne pas élever à une dignité pareille à la sienne un homme aussi altier que Puiguilhem, dont il lui serait difficile de supporter les manières hautaines et capricieuses.

Il se rendit, en outre, auprès de Mme de Montespan, son amante secrète et la courtisane en pied de Louis XIV, la priant d'appuyer sa demande auprès du roi, et de faire tous ses efforts pour desservir celui qu'il voulait abaisser.

La marquise remplit parfaitement cette mission.

L'époque de la nomination était arrivée, et le brevet ne paraissait pas.

Le roi, toutes les fois que le favori voulait lui rappeler sa promesse, ou changeait de conversation, ou ne donnait que des réponses évasives.

Le marquis s'aperçut bien qu'on était un peu refroidi à son égard, aussi s'empressa-t-il de conjurer Mme de Montespan de lui venir en aide dans cette circonstance.

La rusée courtisane promit merveille à son humble solliciteur, tandis qu'elle usait de toute son influence pour lui nuire auprès de son royal amant.

Ne pouvant plus rester dans de pareilles perplexités, et soupçonnant la perfidie de la marquise, le gentilhomme irrité se rendit auprès d'une femme de chambre de Mme de Montespan, lui prodigua de l'or et obtint de pouvoir se cacher dans la chambre de cette favorite, un peu avant l'heure à laquelle elle y viendrait avec le roi.

Ces dispositions étant prises, et voyant Louis XIV s'avancer vers l'appartement de sa maîtresse, Puiguilhem se trouva sur le passage de Sa Majesté, lui remit un mémoire touchant la place enviée ; puis, après avoir fait une profonde inclinaison, il se glissa dans la chambre de la marquise par une porte dérobée.

A peine était-il tapi sous le lit que le monarque et sa maîtresse entrèrent...

Dès que le roi n'eut plus rien de mieux à faire, il s'occupa du mémoire.

— Je ne sais vraiment, dit Sa Majesté, comment sortir de cette affaire. Puiguilhem presse pour que je lui donne la place, et Louvois me prie instamment de ne pas la lui donner.

— Il me semble qu'en pareil cas un ministre, et surtout un ministre du mérite de M. de Louvois, doit l'emporter sur un fade courtisan.

— La traîtresse, dit tout bas Puiguilhem en serrant les dents!

— A la bonne heure, reprit Louis XIV, mais ma parole royale..!

— Oui, Sire, mais la raison d'Etat...

— De laquelle parlez-vous, marquise?

— Je veux dire que si votre ministre de la guerre, mécontent d'être en rapport avec un grand-maître d'artillerie qu'il haïrait, donnait sa démission...

— J'en serais désolé : Louvois est actif et plein d'expérience.

— En ce cas, refusez Puiguilhem.

— Tu me le paieras, favorite du diable! murmura le marquis en faisant mille efforts pour se contraindre.

Alors le roi se retira, et la marquise passa dans son cabinet de toilette.

Quant à Puiguilhem, sortant furieux de sa cachette, il alla se poster à la porte extérieure de l'appartement, décidé à se venger à tout prix.

La favorite ne tarda pas à sortir, magnifiquement parée, pour se rendre à la répétition d'un opéra qu'on devait jouer le lendemain sur le théâtre du château.

Le marquis, comprimant sa rage, présenta la main à Mme de Montespan et lui demanda, du ton le plus

respectueux, si elle avait daigné parler au roi en sa
faveur.

— Aujourd'hui même, répondit-elle.

— Oh ! que de bonté, Madame, répondit le courtisan avec un sourire affecté.

— Ne m'y étais-je pas engagée ? Et je vous assure
que mes sollicitations ont été même beaucoup plus
loin que je ne l'avais promis.

— C'est charmant, dit d'un air moqueur le marquis, dont l'impatience ne connaissait plus de
bornes...

— Mais on dirait que vous doutez ?

— Point du tout, Madame, poursuivit Puiguilhem
en s'approchant de l'oreille de la marquise ; je suis
bien sûr que vous êtes une effrontée menteuse, une
fourbe qui en imposez à ceux qui vous entourent.

Puis, il lui répéta mot pour mot ce qu'il avait entendu sous le lit,

Mme de Montespan se déconcerte, tremble, s'évanouit, tandis que le courtisan toujours furieux la
quitte et se rend dans le cabinet du roi, qu'il somme
audacieusement de tenir sa parole.

Le roi lui répond qu'il n'est plus engagé avec lui
puisqu'il ne lui avait donné sa parole que sous le secret, et qu'il y avait manqué.

Là-dessus, Puiguilhem tire son épée, en casse la
lame sous son pied, et s'écrie qu'il ne servira de sa
vie un prince qui manque si vilainement de parole.

Jamais ce courtisan n'avait montré tant de hardiesse.

Le roi, transporté de colère, ouvre la fenêtre et jette sa canne dehors, en disant qu'il aurait trop de regret d'avoir frappé un homme de qualité.

Le lendemain, Puiguilhem fut conduit en prison, mais il en sortit presque aussitôt pour recevoir la charge de capitaine des gardes.

Il venait d'être élevé à ce dernier emploi lorsque son père mourut.

Le marquis de Puiguilhem prit alors le titre de comte de Lauzun, et c'est sous ce nom qu'il eut l'insigne honneur d'être aimé par Mlle de Montpensier.

Lauzun, qui avait la confidence des plaisirs secrets de Louis XIV, qui faisait partie de toutes ses expéditions galantes, qui n'y assistait pas seulement comme simple spectateur, mais bien le plus souvent comme acteur intéressé, avait à la Cour une grande réputation de galanterie et plus d'une noble dame savait fort bien que cette réputation n'était pas usurpée.

Cependant Lauzun n'était ni beau ni grand; il n'avait ni beaucoup d'esprit, ni beaucoup d'élégance; mais il était hardi et cette qualité réussit beaucoup auprès des femmes.

Mlle de Montpensier fut séduite par la grande réputation du comte.

Elle brûlait d'expérimenter elle-même cette qualité supérieure dont Lauzun, s'il fallait en croire la renommée, était doué au plus haut degré.

Celui-ci s'en aperçut : il se soucia peu d'offrir son encens à une vieille idole dont le temple délaissé allait bientôt manquer d'adorateurs ; mais en homme habile, il résolut de faire tourner au profit de son ambition un amour qui se présentait à lui si spontanément.

Il feignit d'abord de ne rien comprendre au langage érotique de celle qu'il avait captivée.

Mademoiselle avait beau pousser des soupirs langoureux, lancer des œillades enflammées, minauder comme une jeune personne, donner des occasions de se faire faire un aveu, Lauzun ne voulait absolument rien voir ni rien entendre.

Il faisait semblant de prendre pour de simples marques d'amitié les manifestations les moins équivoques de l'amour.

Plus Mademoiselle faisait d'avances, plus il se montrait respectueux envers elle.

Mais la cousine du grand roi en avait un peu le despotisme ; elle voulut arriver à ses fins et déclara tout bonnement son amour à Lauzun.

Celui-ci, étonné, parla de la différence des rangs et des fortunes et feignit de croire qu'on se moquait de lui.

Elle renouvela plusieurs fois sa déclaration et le comte continua à exprimer son incrédulité.

C'était vraiment, pour cette pauvre fille, à en perdre la tête : elle se consumait en désirs qu'irritaient encore les obstacles, tant qu'à la fin elle parla de mariage.

C'était ce que voulait Lauzun, il consentit à l'épouser.

Quel beau parti que celui de Mlle de Montpensier avec son immense fortune et l'illustration de sa naissance, surtout pour un simple gentilhomme, cadet de famille, sans terres et sans richesses, qui ne possédait que les places que la faveur lui avait accordées et que la fortune pouvait lui ravir !

L'étiquette, la distance des rangs et des familles rendaient ce mariage bien difficile : aussi, les deux amants désespéraient-ils d'obtenir l'assentiment de Louis XIV.

Ni l'un ni l'autre n'osaient le demander.

Cependant, Mademoiselle, qui avait fait toutes les avances, voulut continuer son rôle jusqu'au bout.

Elle écrivit une longue lettre dans laquelle, au milieu de grandes supplications, elle chercha à s'autoriser de l'exemple du passé, et cita plusieurs mésalliances qui avaient eu lieu parmi ses ancêtres sans avoir, dit-elle, altéré en rien la pureté du sang et l'honneur de la maison.

Le roi, soit qu'il se rendit à de pareilles raisons, soit qu'il aimât trop son favori pour lui refuser quelque chose, céda à leurs instances et donna son adhésion au mariage.

Dès que la nouvelle s'en fut répandue à la Cour, elle produisit une surprise à laquelle rien ne peut être comparé.

Quelques amis de Lauzun le pressaient de ne pas perdre son temps, de profiter de l'assentiment et de se marier n'importe où, mais sans aucun retard.

Lauzun ne tint pas compte du conseil. Enivré de son triomphe, il en voulut jouir à son aise.

Il passa huit jours à recevoir des dons de son amante, à commander des équipages et des armoiries.

La princesse lui avait concédé en toute propriété les duchés d'Eu, d'Aumale et de Saint-Fargeau, avec le beau domaine de Thiers, en Auvergne.

Elle lui avait fait obtenir, en outre, le titre de Montpensier, de sorte que pendant les huit jours de préliminaires, Lauzun ne fut plus désigné que par ce nom princier. Ses amis renouvelaient leurs instances près de lui pour qu'il pressât son mariage.

Mademoiselle, de son côté, impatiente de quitter son célibat et de perdre sa qualité de vieille fille, voulait qu'il ne perdît pas une minute.

Enfin, le contrat venait d'être signé et le roi avait écrit à toutes les Cours pour annoncer le mariage de sa cousine.

Cependant, la marquise de Montespan n'avait pas oublié l'indiscrétion de Lauzun et l'humiliation qu'elle en avait reçue.

Elle fut plus éloquente que jamais.

Elle peignit sous les couleurs les plus sombres le déshonneur que le mariage projeté allait répandre sur cette noble race qui comptait tant de siècles d'une illustration sans tache et qu'allait ternir l'événement qui se préparait.

La reine et les princes, qui se sentaient blessés dans leur orgueil, se firent facilement, auprès du roi, l'écho des rancunes de la favorite.

Louis XIV contremanda la notification du mariage.

Il est plus aisé de concevoir que de peindre la fureur du comte à cette nouvelle.

Trompé dans le plus impérieux de ses penchants, l'ambition, blessé dans cette vanité qui faisait le fond de son caractère, il se répandit en injures contre le roi, injures qui, par bonheur, ne furent entendues que de quelques domestiques dévoués.

Mais Lauzun ne s'en tint pas là. Il courut au château, brava toutes les consignes et pénétra dans l'appartement de Mme de Montespan où le roi se trouvait.

— Sire, dit brusquement le comte, sans excuser son apparition déplacée, je viens demander à Votre Majesté comment j'ai mérité qu'elle me déshonorât ?

— Allons, allons, mon ami, calmez-vous... dit avec douceur le roi, qui sentait tout ce que la colère de son favori avait d'excusable.

— Non, Sire, non, je ne puis accepter tant d'humiliation, reprit à haute voix Lauzun en présentant son épée. Vous m'avez enlevé l'honneur ; prenez ma vie, prenez-la ! Je n'en veux plus, je l'abhorre !

— Remettez-vous, comte, poursuivit Louis XIV avec le même calme ; je sens tout ce que ceci doit avoir de contrariant pour vous ; mais je vous en dédommagerai ; je vous élèverai si haut que vous cesserez de regretter l'union que je dois vous interdire.

— Je ne veux point de vos dons, Sire. Je ne dois plus rien accepter d'un prince qui m'a manqué deux fois de parole.

— Monsieur de Lauzun ! s'écria le roi avec un éclat de voix terrible, qui attira dans la chambre Mme de Montespan effrayée.

— Venez, perfide, venez jouir de votre ouvrage ! dit le comte en apostrophant la favorite. C'est vous, vous surtout, qui avez attiré la honte sur moi…

— Sortez ! comte, reprit le roi, dont la fierté s'était réveillée. Sortez ! Je pardonne à votre emportement, mais ne paraissez à la Cour que résigné et soumis.

Lauzun sortit.

Mais la colère du roi, sans doute stimulée par la Montespan, grandit au souvenir de cette scène et le comte fut envoyé à la forteresse de Pignerol, sous la conduite de d'Artagnan.

Un autre prisonnier expiait dans cette prison une audace d'un autre genre : c'était le surintendant Fouquet.

Tel fut le roman du comte de Lauzun qui, suivant la chronique malicieuse, aurait été le grand'père de Marthe de Pampelonne, l'abbesse de Verrières.

VIII

UN PETIT SOUPER AU CHATEAU DE CHOISY-LE-ROI

Nous avons laissé le carrosse du roi Louis XV se dirigeant sur la route de Choisy, escorté par six mousquetaires, dont Robert de Lévizac.

Sa Majesté, nous l'avons dit, était accompagnée de trois de ses principaux favoris, le prince de Soubise, le duc de Richelieu et le comte Henri de Beauvaisis, capitaine de ses mousquetaires noirs.

Nous voici à l'époque la plus florissante de la célèbre habitation construite par les soins de la Grande Mademoiselle.

Louis XV, le petit-fils du dauphin, n'avait pas dégénéré ; il était digne de son aïeul et il se promettait bien de faire revivre à Choisy les souvenirs que sa famille y avait laissés.

Le roi bien-aimé avait trouvé l'architecture du château un peu sévère, un peu surannée pour son règne, et les appartements trop resserrés, trop mesquins pour contenir sa grandeur.

Il avait donc fait abattre l'édifice presque en entier et en avait fait construire un autre beaucoup plus grand, beaucoup plus fastueux.

Tous les arts avaient été appelés à doter ce séjour de leurs merveilleux prestiges.

A l'extérieur, ce n'étaient partout que statues, que bosquets, qu'eaux jaillissantes dans les bassins de marbre.

Les murs eux-mêmes étaient surchargés de mille ornements divers sculptés dans la pierre de taille.

On n'aurait pu fixer ses regards sur une partie quelconque de l'édifice sans rencontrer aussitôt quelque Amour joufflu, présentant le plus gracieusement du monde une guirlande de roses.

Pas un encadrement de fenêtre qui ne fût surmonté de cet inévitable couronnement.

A l'intérieur, c'était bien mieux encore : pas un

panneau de boiserie sur lequel le pinceau des Boucher et des Van Loo n'eût jeté, au milieu des plus charmants emblèmes, toutes les nymphes et tous les satyres de la mythologie.

Pas un lambris, pas une corniche où l'or ne ruisselât à grands flots; et puis, c'étaient des myriades de glaces les plus belles qu'on ait pu trouver, afin de réfléchir toutes ces têtes brillantes qui sont venues s'y mirer.

C'est à partir de cette restauration que le château de Choisy-Mademoiselle, comme on l'avait appelé jusqu'alors, fut désigné sous le nom pompeux de Choisy-le-Roi.

Louis XV voulut faire de sa nouvelle demeure ce que Louis XIV avait fait de Marly, nous voulons dire une retraite pour s'y réfugier loin du bruit de Versailles, un asile pour s'y distraire des ennuis de la royauté ; avec cette différence cependant que Louis-le-Grand allait chercher à Marly le repos, le calme d'esprit nécessaire à la vieillesse, tandis que Louis le bien-aimé y venait, comme en ce jour, accompagné d'un petit nombre de roués grands seigneurs, pour y trouver des plaisirs plus libres, des joies plus licencieuses que celles qu'il avait l'habitude de goûter à Versailles.

Les petits soupers de Choisy-le-Roi sont surtout célèbres dans les fastes merveilleux de ce château.

Au nombre des convives de ces soupers, ou plutôt de ces orgies royales, se trouvaient le plus souvent le prince de Soubise, les ducs de Duras et de Richelieu, Mesdames de Mirepoix et de Forcalquier, la marquise de Pompadour et, dans la suite, la comtesse du Barry.

Dans ces petites réunions d'intimes, le roi déposait sa majesté à la porte du salon, l'étiquette était mise de côté, les allures étaient franches, les dames étaient très décolletées et les cavaliers plus que galants.

Chacun pouvait donner un libre cours à son imagination et mettre au jour la gaîté de son naturel et de son tempérament.

Au milieu des fumets de mille plats divers, c'était d'abord un feu roulant de saillies piquantes et d'épigrammes ingénieuses ; non pas que les convives que nous avons nommés fussent des aigles, mais ils avaient cette sagacité et cette assurance qu'on acquiert dans la bonne société, et qui tiennent lieu d'esprit : d'ailleurs, il n'est pas de courtisan que la gaîté du prince ne mette en verve.

A la fin du repas, lorsque les têtes étaient échauffées par les flots brûlants des vins les plus généreux, la conversation devenait plus animée et les manières plus dégagées.

Les cavaliers se rapprochaient davantage de leurs dames, et presque toujours on dépassait sans scrupule les bornes, nous ne dirons pas de la bienséance, mais du respect que chacun, fût-il roi, prince ou marquis, se doit à lui-même.

Ce soir-là, Louis était plus fatigué qu'à l'ordinaire.

Il voulut faire un peu diversion à la joie bruyante

qui régnait parmi les convives et il proposa à la société de clore le souper par le récit plus ou moins intéressant d'un conte d'imagination ou d'une histoire véritable.

La proposition était neuve et elle fut acceptée avec empressement.

Les trois compagnons du roi étaient, on le sait déjà, le prince de Soubise, le duc de Richelieu et le comte de Beauvaisis.

Le prince de Soubise, ayant été désigné pour commencer, raconta à peu près en ces termes l'histoire suivante :

« J'avais vingt ans, une jolie figure, une tournure élégante. J'étais maître d'une fortune qui rendait plus sensibles encore les agréments de ma personne. J'avais la plus grande envie du monde de me ruiner, envie que j'ai depuis assez bien satisfaite. Les femmes ne me détestaient pas. Toutes celles qui étaient jolies me plaisaient. Elles n'avaient pas besoin pour m'enflammer d'être issues d'une illustre maison et de porter des robes de velours.

« Mon premier valet de chambre était un nommé Finot, aussi mauvais sujet, tout valet de chambre qu'il était, qu'aucun grand seigneur de la cour. Il m'entretenait avec enthousiasme d'une de ses cousines, créature belle comme un astre et sage comme une vestale. Il lui avait parlé d'amour : malgré sa profonde expérience, il n'avait pas réussi, non que la demoiselle fût sauvage, mais elle était prudente : elle voulait se faire épouser, et Finot était déjà marié.

« Quand il vit que le portrait de la belle Annette Dumont commençait à m'emflammer : « Monseigneur, me dit-il, vous êtes le plus joli garçon du royaume ; à votre place, je ferais la cour à cette petite coquette ; elle ne vous résistera pas, vous serez heureux, et moi, j'aurai la consolation d'être vengé ».

« L'idée de Finot ne me déplut pas. Je mourrais d'envie de contempler de près cette merveilleuse créature. L'aborder dans toute la splendeur de mon rang ne m'était pas possible, ses parents ne l'auraient pas souffert : c'étaient d'honnêtes gens, menuisiers dans la rue Saint-Joseph. Finot avait l'esprit de l'intrigue, des fourberies, des déguisements. J'endossai, sur son conseil, un habit à ma livrée, et me voilà mon second valet de chambre, le collègue de Finot et son ami. En cette qualité il me présenta à son oncle et à sa tante. Je fus fort bien accueilli, et nous passons dans l'arrière-boutique.

« Mademoiselle Annette arrive : de ma vie je n'ai rien vu de plus ravissant que Mademoiselle Annette. C'était une figure angélique ; de grands yeux bleus, d'une douceur inexprimable ; une taille fine, une main exquise, un pied parfait. Bref, me voilà éperdûment amoureux. Je fus galant, empressé ; on m'avoua que je ne déplaisais point ; mais on me parla de mariage. Pour le moment, je ne pouvais y penser ; j'étais depuis trop peu de temps au service du prince. En attendant, on me permit de soupirer, et je ne perdis pas mon temps. Annette, qui m'aimait avec idolâtrie, céda ; elle eut regret de sa faute, puis y re-

tomba volontairement. Cependant, elle me pressait avec une impatience extrême de tenir ma promesse et de l'épouser. Ses instances m'embarrassaient. Cette petite était si douce, si caressante, si affectueuse, qu'après six mois de constance, je ne pouvais me décider à la laisser là.

« On jouait à cette époque une tragédie de Voltaire, qui faisait courir tout Paris. Il prit fantaisie à la famille Dumont de venir voir enfin cette pièce. J'avais dîné ce jour-là chez M. de la Popelinière et j'en sortis un peu tard. Ne pouvant m'en retourner à Versailles, j'allai à la Comédie-Française. Je me plaçai dans la loge des gentilshommes.

« Le lendemain, Finot entre tout effaré dans ma chambre.

— Pourquoi cette mine consternée ?

— Monseigneur, une fâcheuse aventure...

— Laquelle ?

— Ma cousine Annette est ici.

— Que demande-t-elle ?

— A vous voir. Elle vous a reconnu hier à la Comédie-Française. Elle jure qu'elle ne s'en ira pas sans vous parler.

— Fais-là entrer.

« Imaginez, car je ne saurais la peindre, la scène qui se passa alors, les pleurs, les sanglots de la tendre Annette ; ses reproches, ses invectives, ses supplications. Comment une fille si tranquille et si douce était-elle si véhémente et si emportée dans son désespoir ? Je fis de mon mieux pour ramener la paix dans son pauvre cœur. Mes serments de l'aimer toujours ne furent pas écoutés. Je lui promis un sort magnifique pour l'avenir : promesse inutile !

— Enfin, Annette, soyez raisonnable : que voulez-vous ?

— Que vous m'épousiez !

« L'idée était plaisante : la fille d'un menuisier femme du prince de Soubise ! Je ne pus m'empêcher de rire. Ma gaîté calma tout à coup la douleur d'Annette ; ses larmes cessèrent, elle devint tranquille, sérieuse, pensive, me dit adieu avec un sang froid extraordinaire et partit.

« Elle m'avait quitté depuis cinq minutes. Je sonne Finot. « Cours après ta cousine, lui dis-je, ne la quitte pas que tu ne l'aies vue entrer chez elle. » Finot m'obéit : il arrive au Pont-Neuf. La foule était amassée. On se pressait vers le parapet ; on s'agitait ; on se questionnait. Il demande ce qui se passe : une jeune fille vient de se jeter à l'eau. Il écarte les curieux, arrive au bord du pont, aperçoit sa cousine entraînée par le courant, qui disparaît, reparaît encore, disparaît enfin, et pour toujours ! On court pour la sauver : il était trop tard. Il revint me raconter cette catastrophe. J'en fus consterné. Je ne croyais pas que le désespoir pût inspirer à une amante abandonnée une telle résolution. Quelques jours après, Finot me demanda son congé, que je ne lui refusai pas. Depuis, je n'ai plus entendu parler de lui ni de sa famille. »

Le prince de Soubise se tut. Tout le monde garda le silence. On semblait être touché de l'histoire, mais

personne n'était indigné du cynisme de celui qui
l'avait racontée. Un si horrible souvenir aurait em-
poisonné la vie d'un homme d'honneur. Mais le vieux
prince de Soubise ! Un demi-siècle d'intrigues et de
scandales avait éteint chez lui toute sensibilité mo-
rale.

Le duc de Richelieu ayant été désigné par le roi :

— Sire, dit le duc, je suis pour le comique ; les
scènes galantes plaisent-elles à Votre Majesté ?

— Oui, monsieur le duc, surtout quand vous êtes le
narrateur.

— Mais si le héros est un des rois vos ancêtres ?

— Je vous permets d'en parler à votre aise : on ne
doit des égards qu'aux vivants.

Le duc se hâta de prendre la parole :

« Louis XIV, dit-il, ne se contenta pas d'élever
Lauzun aux plus grands honneurs, il l'admit encore
dans son intimité et le mêla à ses aventures galantes.
Voici une de ces aventures que le comte m'a racontée
plusieurs fois, bien longtemps après son retour de
Pignerol.

« La comtesse de Soissons, qui avait été supplan-
tée par Mademoiselle de la Vallière, cherchait toutes
les occasions de nuire à la nouvelle favorite. Elle fit
entendre à Mademoiselle d'Houdancourt, fille d'honneur de la reine et d'une beauté remarquable, qu'il
lui suffirait de quelques agaceries pour attirer à elle
le royal infidèle. En effet, ce prince ayant le cœur
rempli de ces petites misères humaines que l'on s'obstine généralement à prendre pour le bonheur, ne

tarda pas à répondre aux avances de la jolie personne. L'appartement des filles d'honneur se trouvait, au Louvre, tout à fait sous la main de Sa Majesté. Le roi voulut s'y rendre, comme il avait l'habitude de le faire avant son mariage; mais l'entrée en était alors sévèrement interdite aux hommes par la duchesse de Noailles, et peut-être aussi, par les ordres secrets de la reine. Louis jura, frappa des pieds : colère perdue, il fallait subir la consigne et aviser à d'autres moyens. Le grand conseil galant, composé de Lauzun, de Guiche, de Vardes et de Bontemps, fut convoqué dans le cabinet du roi. Lauzun connaissait bien les localités ; il avait reconnu toutes les avenues de la chambre des filles, et déclara que l'unique voie possible était, pour le moment, la gouttière ; l'unique issue libre aboutissant au sérail, la chéminée. Le roi avoua naïvement qu'il pourrait se trouver fort embarrassé sur ce théâtre de galanterie tout à fait nouveau pour lui ; mais que, cependant, il voulait essayer. Le rendez-vous fut donc fixé à minuit : il parut inutile d'en prévenir les beautés que l'on voulait visiter ; elles avaient l'esprit assez bien fait pour ne se formaliser de rien, quoiqu'on dût les prendre à l'improviste. A l'heure convenue, le grand conseil déboucha sur le toit par une lucarne de mansarde ; le chemin qu'il fallait suivre n'était ni large ni sûr...

— Donnez moi la main, Sire, dit Lauzun à son maître...

— Bon, bon, m'y voici, répondit le roi : je vais, pour plus de sûreté, prendre mes souliers à la main.

— Maintenant, annonça de Vardes, qui marchait en éclaireur, il faut s'avancer sur les ardoises jusqu'au pied de la cheminée.

— Au diable! dit le roi, en se cramponnant au toit le mieux qu'il put : ceci devient difficile.

— Ce n'est cependant pas le plus fort, ajouta de Guiche qui, déjà, descendait doucement une échelle de corde dans la cheminée.

— Allons, Sire, reprit Lauzun, voici le moment de l'assaut! Je vais entrer le premier dans la place.

— D'accord, répartit Sa Majesté, mais n'allez pas, le premier, vous loger en vainqueur.

— Soyez tranquille, Sire, j'attendrai que vous ayiez pris votre quartier.

— Pour moi, dit de Guiche, je reste sur le rempart avec Bontemps, de peur d'une surprise.

— Oh oui! continua Lauzun, dont le corps était déjà à moitié dans la cheminée; depuis que de Guiche a fait la conquête de Soissons, il s'en tient à cette place.

— Elle est cependant ouverte à tout venant, répondit le roi avec malignité.

« Louis XIV descendit dans la chambre des filles avec Lauzun, tandis que de Guiche et Bontemps retenaient fortement l'échelle de corde qui resta attachée à la cheminée pendant tout le reste de l'expédition. Le roi n'était pas attendu par Mademoiselle de la Mothe; Lauzun l'était encore moins par la demoiselle qu'il visita et à laquelle il n'avait, assurait-il, jamais adressé la parole. Pourtant il ne s'éleva pas dans la chambre des filles, la moindre clameur, la moindre petite reclamation. Tout se passa dans un profond silence. En vérité, on ne pouvait être plus doux, ni plus résigné que les filles d'honneur. »

Cette histoire, qui rappelait toutes les galanteries de Louis XIV, avait égayé tous les auditeurs, et le roi avait de très bon cœur participé à la joie générale.

— Et vous, comte, dit-il en se tournant vers M. de Beauvaisis, n'avez-vous rien à nous raconter.

— Je suis, répliqua le capitaine des mousquetaires noirs, je suis comme toujours aux ordres de Votre Majesté.

— Eh bien !...

« Eh bien ! Sire, je suis obligé de parler de moi. Il y a quelques années, bien loin d'ici, mais toujours dans votre beau royaume, j'étais allé voir une de mes parentes, une jeune fille qui était novice dans un couvent de femmes. Après avoir consolé la pauvre enfant d'une vie qui lui pesait singulièrement, je demandai l'autorisation de présenter mes hommages à la mère abbesse. C'était moins pour remplir un devoir que pour lui recommander la jeune vierge résignée, faute de fortune, à passer sa vie dans un cloître.

« Je fus introduit auprès de la supérieure du monastère qui avait le titre abbatial. Quelle ne fut pas ma stupéfaction lorsque je fus mis en présence d'une femme adorable, aux grands yeux profonds, au regard énergique et doux, à la beauté véritablement sculpturale. Je ne pus m'empêcher d'être ému, et elle le vit bien. L'abbesse avait d'autres trésors, que je croyais, hélas ! ne devoir jamais être à même d'apprécier. Pendant que je désespérais, on frappa. L'abbesse reconnut la voix de l'aumônier. Elle ouvrit à l'instant une porte qu'une tapisserie dérobait à la vue, m'y poussa presque et la referma. J'étais dans un cabinet noir d'où l'on entendait tout ce qui se disait dans le salon de la supérieure.

« L'aumônier raconta un voyage qu'il venait de faire dans son pays d'origine. Comme il ne fut pas interrompu, il comprit qu'il n'intéressait guère l'abbesse et prit congé quelques instants après.

« La porte du cabinet noir s'ouvrit. Or, on n'est pas traité comme un amant sans en avoir les privilèges. Je fus hardi comme un page, moi, déjà capitaine, et l'abbesse fut résignée comme les filles d'honneur de Louis XIV. Je ne m'attendais pas à cela, Sire : aussi, mon histoire valait-elle la peine de vous être contée. »

Louis XV sourit et Mme de Forcalquier s'écria :

— Des concurrentes dans les monastères ? Qu'allons-nous devenir, nous, pauvres dames de la cour !

Le souper de Choisy-le-Roi était fini. Sa Majesté rentra à Versailles dans la nuit.

IX

LA MISSION DE LEBEL A L'AUBERGE DES TROIS MAILLETS

Le service des mousquetaires noirs laissait beaucoup de loisirs à Robert de Lévizac ; aussi le jeune vicomte en profitait-il pour se rendre le plus souvent possible à l'abbaye de Verrières.

Mais sa qualité de parent de l'abbesse n'évita pas le scandale.

Monseigneur de Vintimille, alors archevêque de Paris, avait une sorte d'Eminence noire, un jésuite, nommé le Père Jean, qui était le véritable inquisiteur du diocèse.

Celui-ci fut prévenu par un desservant d'une commune voisine de l'abbaye de Verrières qu'il s'y passait des choses extraordinaires.

Le bon prêtre n'avait pas voulu en dire davantage. D'ailleurs, s'il n'avait [pas de certitude, il avait des présomptions assez fortes pour que sa conscience fût troublée.

Le père Jean ne s'occupait guère de l'opinion archiépiscopale, et il avait raison de ne lui attribuer aucune importance.

En effet, Monseigneur de Vintimille était un prélat bien Louis XV.

Le père Jean, au contraire, était de mœurs sévères et un cœur d'apôtre farouche battait sous sa soutane.

Il fit donc appeler à l'archevêché l'abbé Dumortier, aumônier de l'abbaye de Verrières.

Celui-ci, le même qui avait interrompu, par un récit de voyage, la conversation du comte de Beauvaisis avec Marthe de Pampelonne, — car c'était l'abbesse au cabinet noir, cette même retraite où Robert de Lévizac avait succédé à son capitaine — était une candide nature, incapable de soupçonner le mal et surtout de le deviner.

Il avait deux passions bien inoffensives : la découverte des sources et la culture des abeilles.

A vingt lieues à la ronde, il passait pour trouver de l'eau dans des terrains où on ne l'avait jamais rencontrée.

Ce n'était pas qu'il voulût passer pour un sorcier. Non, il obéissait, d'après lui, à certaines lois scientifiques.

Dès qu'il apercevait certaines plantes, il prophétisait le succès. Il savait, en effet, quelle est la flore qui ne peut s'épanouir sans baigner ses racines dans un terrain humide et, avec ces connaissances et une expérience consommée, l'abbé Dumortier obtenait des résultats surprenants.

Il avait, en outre, un nombre considérable de ruches et il vendait son miel à Paris.

Ces deux industries le préoccupaient fort parce qu'elles ajoutaient du beurre au pain que son aumônerie lui fournissait.

A part cela, l'excellent prêtre était d'une nullité désespérante.

Il disait sa messe au couvent, présidait aux cérémonies, confessait les religieuses et l'abbesse elle-même, mais il ne recevait en dépôt que des secrets qu'on voulait bien lui livrer.

Or, Marthe de Pampelonne était sur certains sujets d'une discrétion étonnante.

L'abbé Dumortier ne savait donc rien.

Quand il fut arrivé à l'archevêché, le père Jean essaya, comme on dit, de lui tirer les vers du nez.

Le jésuite, ayant vu qu'il avait affaire à un simple d'esprit, le renvoya à ses sources et à ses abeilles et le reconduisit en haussant les épaules.

Alors, l'inquisiteur se décida à faire espionner l'abbesse de Verrières.

Celle-ci apprit de l'aumônier la conversation qu'il avait eue avec le père Jean.

Elle résolut de rompre pour quelque temps avec son jeune et beau mousquetaire, et quand Robert se présenta à l'abbaye il reçut de la sœur tourière un billet où il était averti de quitter Paris jusqu'à nouvel ordre, pour de graves raisons qu'il apprendrait plus tard. Du reste, on saurait bien le retrouver.

Malheureusement, Robert avait été filé et on sut que le dernier amant de Marthe de Pampelonne était un mousquetaire noir.

On s'occupa beaucoup de cette aventure à la Cour.

Lebel, le valet de chambre du roi et le pourvoyeur du Parc-aux-Cerfs, était souvent reçu dans le cabinet de Sa Majesté à qui il racontait les scandales du jour.

C'est ainsi que Louis XV apprit que l'abbesse de Verrières ne se lassait pas de rechercher les beaux garçons et qu'elle se permettait de les choisir jusque dans sa garde.

Il trouva cela délicieux, mais il ne put cacher son désir de connaître cette femme ardente qui répondait si mal à la protection du cardinal Feury.

Lebel était à peine sorti du cabinet de Sa Majesté que Louis se ressouvint tout à coup de l'histoire galante que lui avait contée M. de Beauvaisis au souper de Choisy.

Le capitaine avait placé la scène en province, mais c'était un artifice.

Il n'avait point voulu tenir secrète sa curieuse aventure, mais il avait, comme c'était son devoir de gentilhomme, déplacé le théâtre de ses amours.

Louis XV était donc persuadé que le comte de Beauvaisis avait été chaudement aimé par l'abbesse de Verrières.

Et il voulut connaître l'amoureuse nonne.

Le lendemain, quand le capitaine se présenta au palais, où il venait tous les jours, le roi lui dit à brûle-pourpoint.

— Beauvaisis, je désire faire une visite au marquis de Malvoisin, en son château de Bures. Vous savez que la reine l'a marié. Elle me saura gré de l'honneur que je veux faire à son protégé.

Le capitaine des mousquetaires ne vit pas tout d'abord où le roi voulait en venir.

Il crut sincèrement à la visite de Sa Majesté au marquis de Malvoisin. Il était deux heures, et le roi annonçait son départ pour trois.

Les préparatifs furent vite terminés, et la voiture arrivait peu de temps après sur la route de Bourg-la-Reine à Orsay, se dirigeant vers le village de Bures où était situé le château du marquis de Malvoisin.

Mais, en passant devant le village de Verrières, le roi parut se raviser tout à coup.

— Si nous nous arrêtions à l'abbaye, dit-il avec un sourire presque ironique ?

Le comte de Beauvaisis ne pouvait rien répondre qui ne fût un asquiescement.

Et la voiture se dirigea vers l'abbaye.

Il fallut annoncer Sa Majesté.

Quelques minutes après, Louis XV était introduit dans le grand salon de l'aumônerie, et Marthe de Pampelonne, l'abbesse de Verrières, venait présenter ses hommages au roi de France.

Louis fut frappé tout de suite de son éclatantebeauté.

Il fut très aimable avec elle et, dès le moment de cette entrevue, il résolut de devenir le rival des nombreux amants de l'abbesse.

Il la quitta en lui baisant la mains, et Beauvaisis dut faire contre mauvaise fortune bon cœur.

Il était près de six heures lorsque la visite fut terminée.

Louis XV, dont personne ne discutait la volonté, annonça qu'il renonçait à voir le marquis de Malvoisin, et la voiture rebroussa chemin.

Le roi voulait rentrer à Paris, et il y rentra.

Le soir même, il fit prévenir Lebel de le rejoindre sans retard.

Et il lui donna la mission de lui amener coûte que coûte Marthe de Pampelonne qui l'avait si vite subjugué.

Dès le lendemain, Lebel se mit en marche. Avec deux de ses plus fins limiers il se rendit à Verrières.

Mais qu'apprit-il?

L'abbesse était partie du couvent pour se rendre à Paris. L'un des agents fut dépêché pour la suivre à la trace. Il fut assez heureux pour ne pas perdre la précieuse piste.

Marthe de Pampelonne était allée sous un déguisement passer la nuit dans une auberge que nous connaissons bien, aux *Trois Maillets*, près des Halles, rue de la Cossonnerie.

Chez Maître Grivolet, Robert de Lévizac avait conservé sa chambre, sûr d'être garanti contre toute indiscrétion par le patron qui lui montrait tant de sympathie.

L'agent, nommé Rubion, entra dans le cabaret et il ne fut pas médiocrement surpris de trouver attablé dans la salle commune, un des protégés de Lebel, le chevalier Annibal de Lescalière.

Il lui raconta l'objet de sa mission.

— Je viens, dit-il, pour le compte de mon maître qui, je le sais, vous porte beaucoup d'intérêt, rechercher l'abbesse de Verrières qui doit être ici, mais avec qui?

— Avec qui? mais avec un jeune mousquetaire noir M. le vicomte Robert de Lévizac, le pensionnaire favori de la maison.

C'est tout ce que je voulais savoir, dit l'agent.

Et il partit, ayant assez de ce renseignement pour faire un rapport qui lui serait bien payé.

Dans la soirée, Lebel se présenta au roi.

— Eh bien ! et mon abbesse ?

— Ah Sire...

— Est-ce qu'elle aurait refusé de m'accorder un rendez-vous ?

— Elle n'aurait pas fait cette injure à Sa Majesté. Mais...

— Mais...

— Elle était prise.

— Voilà, dit le roi. On ne pense pas à tout. Et cependant, quand il s'agit d'une femme de feu, on devrait bien supposer qu'elle a déjà l'emploi de ses journées, ou plutôt de ses nuits.

— C'est bien ici le cas.

— Mais tu sais quel est l'heureux mortel qui fait oublier ses devoirs à la belle religieuse ?

— Oui, Sire. En ce moment, c'est un mousquetaire noir, de la compagnie de M. de Beauvaisis, par conséquent, un très beau garçon, d'ailleurs, qui se nomme Robert de Lévizac.

— Ah ! Nous le supprimerons.

— Oui, mais ce sera un peu tard.

— Et comment cela ?

— Je veux dire que Marthe de Pampelonne ne perdra pas son temps cette nuit.

— Ce sera la dernière que le beau mousquetaire passera près de sa bien-aimée.

— La dernière ?

— Certes. Nous l'enverrons à la Bastille. Ce n'est pas plus difficile que cela.

— Mais, Sire, il est encore temps. Il ne pourra même pas vous...

— Tu dis ?

— Vous tromper une fois de plus.

Décidément Lebel, tu es un homme de bon conseil.

Et le roi écrivit quelques mots sur une feuille de papier.

— Tiens, dit-il à son valet de chambre, porte ceci au lieutenant général de police.

C'était une lettre de cachet.

On connaît le libellé :

« Ordre du roi. Monsieur le lieutenant de police est chargé de faire conduire sous bonne garde à la Bastille le sieur Robert de Lévizac, mousquetaire à la compagnie de M. le comte de Beauvaisis.

Signé : LOUIS. »

Deux heures après cette conversation, une voiture s'arrêtait devant l'auberge des *Trois Maillets* : un exempt en descendait et demandait à maître Grivolet de lui livrer immédiatement son hôte. Ce qui fut fait.

Robert de Lévizac ne discuta par l'ordre du roi. Ce n'était pas l'habitude.

Quelques instants après, il était dirigé sur la fameuse prison d'Etat.

L'abbesse était dans sa chambre. Elle n'était pas de ces femmes qui pleurent.

Elle sortit dignement comprenant bien que le père Jean avait dû la faire surveiller et qu'il tenait sa vengeance. Elle songeait à parer le coup, se sachant assez habile pour se tirer d'un mauvais pas.

Mais au moment où elle cherchait à s'orienter pour s'adresser à quelque loueur et regagner son abbaye, Lebel l'accosta et, après l'avoir saluée avec les plus grandes marques de respect, il lui dit :

— J'avais ordre, Madame, de Sa Majesté, de vous conduire au Château de Madrid. Je suis allé à Verrières où l'on m'a dit que vous aviez dû vous rendre à l'archevêché. Quoiqu'il en soit, Madame, je bénis l'occasion qui me fait vous rencontrer ici et je vous prie de me suivre...

— Vous êtes ? dit Pampelonne avec un air de suprême dédain.

— Je suis Lebel, le valet de chambre du roi.

Et comme si l'indigne serviteur avait voulu se venger de l'accent de mépris avec lequel on lui avait demandé son nom, il ajouta :

— Oh ! j'ai l'habitude de faire des commissions plus difficiles.

L'abbesse ne répondit pas. Une voiture, aux ordres de Lebel, s'était rapprochée. Elle y monta avec Lebel, qui se mit en face d'elle, et moins de trois quarts d'heure après, l'abbesse de Verrières était mise en possession d'un gracieux appartement, dans ce château de Madrid, ornement du Bois de Boulo-

gne, où François Ier, après Henri III, avait fait tant
d'orgies.

X

LE TRONE ET L'AUTEL

Le 24 février 1525, François Ier, après s'être battu
comme un lion fut fait prisonnier.

C'était le jour de la bataille de Pavie, le jour fameux
où « tout fut perdu, fors l'honneur. »

Charles-Quint, l'heureux vainqueur, fit enfermer
son rival dans un fort du Milanais.

De là, il le fit conduire secrètement en Espagne,
et il lui donna pour prison l'endroit le plus reculé du
Château royal de Madrid.

Ce n'est qu'en 1526 que le roi de France fut mis en
liberté et, lorsqu'il fut remis en possession de son
trône qu'il avait perdu, mais non pas déshonoré, il
donna libre carrière à ses goûts artistiques.

C'est de cette époque, si favorable aux maîtres de
l'architecture, que date la reconstitution du château
de Saint-Germain-en-Laye, l'édification du château
de la Muette, et enfin, en 1530, celle du château de
Madrid.

Le château de Madrid s'appela d'abord le château
de Boulogne.

Ce dernier nom était le seul vrai : l'autre, n'était
qu'un surnom : il est resté définitif.

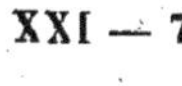

C'est donc au château de Madrid que venait d'élever un grand artiste que François Ier vint habiter, d'abord comme à un rendez-vous de chasse, mais bientôt comme dans sa demeure favorite.

Il se plaisait à fuir, dans ce charmant asile, les importunités des quémandeurs et les courbettes intéressées de tous ces gentilshommes qui venaient surprendre à la bienveillance royale une pension ou un titre.

Les courtisans ne lui pardonnèrent pas cet isolement qui n'était pas seulement pour eux une insulte, mais un réel dommage.

Les plus frondeurs, — car il y avait des frondeurs avant Paul de Gondi, cardinal de Retz — se vengèrent en donnant au château de Boulogne un nom qui rappellerait au roi sa déchéance et ses fers.

Et c'est ainsi que l'on s'écria en parlant de François Ier absent : « Il est au château de Madrid ! »

C'est donc au château de Madrid que, sur l'ordre de Louis XV, Lebel avait conduit l'abbesse de Verrières.

Il est évident que pendant le trajet de la rue de la Cossonnerie au bois de Boulogne, la conversation ne fut pas vive et animée.

Marthe de Pampelonne était beaucoup trop hautaine pour causer avec un valet, fût-il le plus avéré serviteur du roi.

La galante religieuse songeait.

Et d'abord, ce ne fut pas sans un grand sentiment

de tristesse qu'elle se voyait si brusquement séparée de son beau cavalier, le vicomte Robert de Lévizac.

Elle n'avait pas pu se faire à une longue absence et, au risque de graves complications, — et il en était survenu une, — elle n'avait pas voulu se priver plus longtemps des chaudes caresses de son amant.

Et voilà que celui-ci était emmené par de grossiers archers, sans aucun doute pour être enfermé dans cette effrayante prison de la Bastille, refuge forcé de tout ceux qui s'était attiré la colère toute puissante de Sa Majesté ou d'un grand de la cour.

Lebel lui avait dit que le roi la faisait conduire dans un de ses châteaux.

Nous avons dit que Marthe de Pampelonne n'était pas ambitieuse.

A quoi, du reste, pouvait-elle encore aspirer? Est-ce que la crosse abbatiale n'était pas le bâton de maréchal d'une fille noble ?

Elle ne visait donc pas de dignité nouvelle. Son abbaye était riche : tout ce qu'elle voulait, c'était la conserver et vivre à son aise.

Or, pour elle, c'était le droit à l'amour, mais non à l'amour vénal des courtisanes et des favorites, à l'amour libre, avec un amant de son choix.

Que lui importait de tomber dans les bras d'un roi ? Elle avait trop de tempérament pour risquer une déception. Cependant, qu'allait-il advenir ?

Quand la voiture s'arrêta dans la cour du château de Madrid, une femme, sorte de camériste, se mit aux ordres de l'abbesse pour la conduire chez elle.

Marthe de Pampelonne se laissa diriger. Dix minutes après, elle était installée dans un coquet appartement merveilleusement meublé, tout paré de riches tentures et de tableaux dont les sujets légers indiquaient clairement qu'on ne venait pas en ces lieux riants et en ce boudoir capitonné pour y faire une retraite.

Pendant deux jours, l'abbesse resta seule, comme prisonnière. On lui servait de friands repas, mais personne ne venait sonner à sa porte.

Plusieurs fois, elle pensa à l'abbé Dumortier qui lui rendait quotidiennement visite à l'abbaye, et elle souriait en songeant à la déconvenue du brave aumônier.

Au fait, elle ne redoutait pas les conséquences de sa disparition. Ne recevait-elle pas l'hospitalité du roi, et le roi n'était-il pas capable d'aplanir les futures difficultés ?

A cette époque, tous les scrupules s'effaçaient lorsque la volonté souveraine était en jeu. Toutes les médisances s'aiguisaient vainement contre la femme choisie et si l'envie la poursuivait de ses traits, c'était encore un honneur de provoquer la jalousie.

C'est pendant que l'abbesse de Verrières se livrait à ces réflexions qu'une porte s'ouvrit.

La camériste qui l'avait reçue à son entrée au château de Madrid venait la prévenir que Sa Majesté désirait lui faire l'honneur d'une visite.

L'abbesse se leva soudain, le roi étant entré, presque sur les pas de la messagère.

— Je dérange peut-être, dit-il en souriant, la plus belle abbesse du diocèse de Paris et, certainement, de mon royaume.

— Sire, répondit Marthe de Pampelonne, un roi ne dérange jamais la plus humble de ses sujettes.

— Je viens me faire pardonner...

— Pardonner quoi, Sire ?

— De vous avoir ravi au jeune Robert de Lévizac.

— Oh ! sire, on retrouve toujours ses parents.

— Robert est votre parent ? Soit, mais, je vous en prie, ne parlons pas de lui.

— Comme il vous plaira, Sire, je ne puis que répondre à vos questions.

— Eh bien ! je désirais beaucoup vous connaître, décemment, je ne pouvais me présenter à l'abbaye sans donner prise aux méchantes langues.

— Pourtant, le roi est libre d'y pénétrer à son gré.

L'abbesse s'était assise sur un divan. Louis avait pris un fauteuil et s'était rapproché.

Bien qu'il eût l'habitude de ne pas faire traîner les choses, il était presque intimidé devant l'adorable abbesse qui attendait l'assaut avec une surprenante aisance.

— J'aime beaucoup, reprit le roi, à connaître l'histoire des beautés qui m'ont irrémissiblement séduit...

— Sire, les abbesses n'ont pas d'histoire.

— On m'avait pourtant dit...

— Sire, on vous a menti.

— Soit !

Et le roi prit la main de Marthe de Pampelonne.
Il posa son doigt sur l'anneau abbatial et murmura :

— Sans cet anneau, je baisserai bien cette main-là.

L'abbesse retira sa bague.

Et Louis XV comprit qu'au lieu d'arracher des confidences à la plus belle religieuse du diocèse de Paris, et même de son royaume, il valait mieux saisir l'occasion au vol, et Marthe de Pampelonne, à la taille.

Une heure après, le roi de France était radieux : Il avait trompé un de ses mousquetaires noirs,

— Que puis-je faire pour vous, dit-il à sa nouvelle conquête ?

L'abbesse le regarda fixement :

— Je ne vous demande qu'une chose, Sire. Me rendre à mon abbaye et imposer silence aux mauvaises langues.

— C'est tout ?

— Mon frère est évêque d'Angers. Vous pouvez en faire un archevêque.

— J'y songerai, mais à une condition : c'est qu'au premier signal de votre prince, vous reviendrez.

— Dans ma famille, tout le monde obéit au roi.

Louis prit une fois de plus la main de reine de l'abbesse, y déposa un long baiser et sortit.

Son carrosse était attelé. Le comte de Beauvaisis y était déjà installé, attendant le roi qu'il devait accompagner à Versailles.

— Eh bien, comte, dit le roi en se frottant les mains, comme pour exprimer son contentement ?

— Eh bien ! Sire. Encore une bonne fortune. Ce que c'est que d'être roi et d'être beau...

— Cette fois, j'ai été ravi. On m'a tout donné et on ne m'a presque rien demandé. Encore ai-je fait les avances, toutes les avances.

— Et naturellement, une des plus belles occasions de la cour ?

— Mieux que cela. Mais j'ai promis d'être discret. Cependant, cher comte, je ne peux rien vous cacher, à vous l'un de mes meilleurs amis.

M. de Beauvaisis s'inclina profondément.

— Vous souvenez-vous, continua Louis, de l'histoire que vous m'avez contée au petit souper de Choisy ? Vous rappelez-vous l'aventure que vous avez si précieusement consignée sur votre carnet d'amour. Eh bien ! nous sommes égaux par droit de reconnaissance. Moi aussi j'ai mon abbesse.

Le capitaine des mousquetaires sourit d'un air approbateur et mentalement il se dit :

— C'est la même...

XI

ROBERT A LA BASTILLE

Tandis que le pourvoyeur Lebel se dirigeait vers le château de Madrid avec sa nouvelle proie, l'abbesse de Verrières, trois exempts conduisaient à la Bastille l'imprudent mousquetaire noir, le vicomte de Lévizac.

Robert n'avait pas eu de chance. A la première de de ses aventures à Paris, il avait été pris doublement, vaincu par la situation et mis derrière les verrous.

Et dans quelle prison ? Dans cette forteresse-geôle dont la prise a marqué le plus beau jour de la révolution, ce 14 juillet pendant lequel une foule inconsciente des dangers qu'elle courait, car plusieurs camps autour de Paris étaient garnis de soldats résolus à défendre la royauté, avait marché avec une insouciance toute française vers la citadelle aux horribles légendes qui représentait à ses yeux plusieurs siècles de tyrannie.

Robert de Lévizac, coupable seulement d'être jeune allait donc vivre cette vie sinistre des victimes du pouvoir omnipotent.

Parce qu'il avait mis quelques baisers sur des lèvres séduisantes il allait connaître tous les tourments de la captivité dans cette sombre enceinte où les plaintes se perdaient à jamais, comme des gouttes d'eau dans la mer.

A son sujet, dès que l'ordre royal avait été donné, il avait été exécuté par un des inspecteurs ou un exempt de la lieutenance générale de police.

D'habitude, il était rare que l'arrestation n'ait pas lieu après la chute du jour. On aimait le mystère, en ces temps-là, et la foule devait toujours être frappée quand il s'agissait des vengeances du roi.

Le carrosse aux volets clos qui emportait le prisonnier suivait toujours des chemins détournés.

Il importait que le prisonnier ne sût pas où il allait être conduit.

S'il avait prévu que c'était à la Bastille, il y aurait eu certainement de ces tentatives d'évasion désespérées qui réussissent quelquefois avec un homme d'action, résolu à mourir sans retard plutôt que d'attendre une mort lente et sûre, avec les raffinements qu'une impitoyable consigne dictaient à des geôliers plus portés à la sévérité qu'à l'indulgence, plus capables de dépasser leur pouvoir que d'obéir à un sentiment humain.

Les règlements étaient précis sur les formalités à observer lors de l'arrivée au château.

La grille d'entrée, sur la rue Saint-Antoine s'ouvrait pour laisser passage à la voiture et se refermait aussitôt.

La sentinelle du chemin des rondes, informée de l'arrivée des « ordres du roi » par le son d'une cloche, criait : « On y va ! » et allait prévenir le corps de garde.

L'officier de service se rendait à l'hôtel du gouverneur pour prendre les clefs du petit pont-levis de l'avancée, qu'il faisait baisser en y plaçant quatre soldats, la baïonnette au fusil.

L'exempt et son prisonnier pénétraient chez le gouverneur, et le pont-levis était aussitôt relevé.

On le rabaissait pour laisser sortir l'exempt ; une sonnette avertissait le corps de garde intérieur d'abaisser le pont-levis du château, et le prisonnier pénétrait dans l'enceinte des tours.

Les formalités se simplifiaient lorsque les ordres du roi arrivaient dans le jour, car les deux ponts-levis étaient baissés ; mais les soldats devaient se détourner sur le passage du prisonnier, ou cacher leur visage de leurs mains : il leur était interdit d'apercevoir ses traits.

Telle était la règle : mais il arriva souvent que des prisonniers vinrent d'eux-mêmes au château, précédant la lettre de cachet lancée contre eux, ou bien la remettant eux-mêmes au gouverneur.

Une fois le prisonnier entré dans le château, il était conduit à la salle du Conseil, où on l'invitait à vider ses poches. On ne fouillait sans ménagements que les vauriens.

Il était ensuite conduit dans la chambre qui lui était destinée, chambre dont le mobilier était rudimentaire, comme on le pense, mais en réalité suffisant.

Le lit en était le principal meuble ; avec le lit, une table et quelques chaises complétaient l'ameublement.

La table était fort légère, pliante le plus souvent, et c'est avec une des fiches de fer articulant celle de Latude que cet industrieux personnage réussit à se faire un couteau et une lime, deux instruments indispensables à son évasion.

A presque toutes les chambres du château était annexé dans l'épaisseur du mur, un réduit servant de garde-robe.

La fenêtre qui éclairait la cellule était pourvue de

barreaux de fer paraissant défier toute tentative de fuite.

Les cheminées étaient également pourvues de barreaux de fer.

Robert de Lévizac fut enfermé dans une des chambres de la Tour de la Liberté.

On sait que, par une étrange ironie, une des principales tours de la Bastille s'appelait ainsi.

Dès que le porte-clefs fut parti, il se livra aux plus tristes réflexions.

Robert songeait à la douce quiétude de la maison paternelle, là-bas sur les bords pittoresques du Tarn où se mirait la haute tourelle du château de Castelnau.

Il songeait à sa pauvre mère, étendue sur un fauteuil et ne se doutant pas que son fils, son fils aîné, allait languir dans un cachot éternellement peut-être.

En effet, à la Bastille, il y avait les prisonniers recommandés et les autres.

Les premiers ne faisaient qu'y passer. Un protecteur influent s'occupait d'eux et, sans aller à l'encontre des désirs du roi, saisissait la première occasion où il pouvait être influent sans être importun.

Les seconds vivaient réellement dans des oubliettes à la merci d'un décret de la Providence qui n'avait pas à la Bastille un bureau pour signer.

Il songeait, non pas pour la première fois, certes, mais avec une mélancolie inconnue jusqu'à cette heure, à cette pauvre adolescente qu'il avait perdue, à Geneviève de Ricourt, condamnée à payer de toute une vie de larmes une heure d'ivresse sur la mousse des grands bois du pays natal.

Et sa pensée ne s'arrêtait qu'avec effroi sur l'abbesse de Verrières, comme la pensée du malfaiteur qui ne veut pas se souvenir de son crime et qui ferme les yeux sur tout ce qui peut le lui rappeler.

Et pourtant, si Marthe de Pampelonne ne lui avait pas menti en lui déclarant qu'elle se damnait pour lui, ne pouvait-il s'abandonner à quelque espérance ?

Et, tout en caressant un rêve qui s'éloignait constamment, Robert de Lévizac était tourmenté à la pensée de son avenir brisé.

Pourrait-il jamais rentrer aux mousquetaires, et le comte de Beauvaisis ne se montrerait-il pas intraitable pour un jeune homme de vingt ans qui aurait passé à la Bastille, sur un ordre du roi ?

Robert s'endormit sur son lit de sangle et il eut tendu les bras avec enthousiasme au sommeil réparateur, s'il avait su qu'on s'occupait de lui.

XII

OÙ MAITRE GRIVOLET JOUE UN ROLE

Il n'y avait guère plus de trois semaines que Robert de Lévizac gémissait dans son cachot de la Tour de la Liberté lorsque maître Grivolet, le brave aubergiste des *Trois Maillets* reçut une lettre pour lui.

En voici la suscription :

A monsieur le comte Robert de Lévizac,
en l'auberge des TROIS MAILLETS.
Rue de la Cossonnerie, à Paris.

Maître Grivolet fut très étonné de voir que son client qui ne s'était donné que comme vicomte fut qualifié de comte sur l'enveloppe d'une missive qui venait sûrement de son pays natal.

Ls patron des *Trois Maillets*, qui avait un véritable culte pour Robert de Lévizac, se garda bien de parler de la lettre à Annibal de Lescalière pour lequel il ne professait qu'une médiocre estime.

Mais il s'agissait de la faire parvenir. Or, maître Grivolet savait par un exempt qui était revenu chez lui pour se faire griser à peu de frais que sa maison avait été le théâtre d'un fait véritablement inouï dans les annales de l'auberge, à savoir, qu'on avait arrêté, presque sur le seuil de sa porte, Marthe de Pampelonne, abbesse de Verrières, pour la conduire au château de Madrid, où l'attendait sûrement le roi et qu'on avait emprisonné son pensionnaire Robert de Lévizac, probablement parce qu'il marchait sur des terrains réservés à Sa Majesté.

Maître Grivolet réfléchit longtemps.

Il partageait, comme tous les humbles, des idées très réfractaires à l'initiative privée, surtout lorsqu'il s'agissait de se heurter aux grands de ce monde, mais il aimait ses amis et son bon cœur lui aurait défendu de ne pas faire quelque chose pour leur être utile.

Mais quoi ? Voilà la question.

Pendant quelques jours, la cuisine fut un peu négligée dans cette hôtellerie fameuse dont, plus de vingt-cinq ans après l'avoir visitée, le comte de Beauvaisis, capitaine de la compagnie des mousquetaires noirs, se souvenait encore avec délices.

Les quatre basochiens, qui y prenaient toujours pension, firent d'inutiles réclamations pour obtenir l'amélioration du menu : leurs requêtes ne comptaient pas.

Enfin, maître Grivolet fit une réflexion qui n'était pas tout à fait celle d'un sot.

Il se dit que, puisque l'abbesse de Verrières avait été l'objet d'un véritable enlèvement sur les ordres de Sa Majesté, elle devait être libre et qu'après avoir subi sa destinée au château de Madrid, elle avait dû certainement rejoindre son couvent.

Et puisque l'abbesse était venue jusqu'aux *Trois Maillets* relancer un beau mousquetaire, c'est qu'elle le préférait à Louis XV, qui n'obtenait, malgré son sceptre et sa couronne, que des rendez-vous forcés.

Avouez que, pour un maître-d'hôtel, ce n'était pas trop mal raisonné.

Maître Grivolet prit donc un grand parti, celui d'aller remettre la lettre adressée au comte de Lévizac à l'abbesse elle-même.

Il sentait bien qu'il n'allait pas à la rencontre d'une ennemie.

Il loua donc une voiture à son voisin et apparut deux heures après, à la porte de l'abbaye de Verrières.

Il frappa. A sa vue, — il rappelait assez bien San-cho-Panca — la sœur tourière se demanda, quoique très naïve dans ses déductions, quel était l'intrus qui se permettait de venir troubler la paix d'un monastère?

Un fournisseur quelconque, sans doute, qui venait placer des volailles ou simplement des haricots.

— Mais, lui dit-elle, vous vous trompez, mon brave homme. On ne reçoit personne ici : quant à des provisions, nous avons nos jardiniers et notre boucher. Ainsi...

« Cet « ainsi » voulait dire qu'il n'y avait plus qu'à s'en aller.

Maître Grivolet ne l'entendait pas de cette façon.

Pour la première fois de sa vie, il jouait un grand rôle et il ne voulait pas échouer.

—Mille pardons, ma sœur, mais il faut absolument, dit-il, il faut que je voie votre très Révérende abbesse : il s'agit de ses intérêts les plus graves.

Le patron des *Trois Maillets* fut presque effrayé de ce qu'il venait de dire.

Il se reprit et ajouta :

— Faites-la prévenir que j'ai une lettre précieuse à lui remettre et que je ne peux la remettre qu'à elle-même. Quant à moi, je ne suis qu'un messager, tout prêt à recevoir un ordre, si ordre il y a et à sortir sur le moindre signe.

La sœur tourière fut touchée de tant d'humilité : elle entr'ouvrit la porte et introduisit maître Grivolet dans le parloir.

L'aubergiste s'était assis, ne pouvant se tenir debout, tant le poids de sa mission l'écrasait.

— Très Révérende Mère, dit la sœur en pénétrant dans le salon privé de sa supérieure, il y a en bas un homme, de très modeste apparence, un petit bourgeois peut-être, car il paraît bien honnête, qui veut vous remettre une lettre, et à vous seule. Puis-je le faire monter ?

Marthe de Pampelonne, qui avait assisté à tant d'événements depuis quelques jours, pensa bien vite qu'il ne fallait perdre aucune occasion de se renseigner.

Et elle dit à la sœur :

— C'est bien : faites monter ce messager au salon de l'aumônerie.

Et elle s'y rendit, très intriguée.

Bientôt, un gros petit père entrait, se courbant jusqu'à terre et attendant d'être interrogé.

— Vous m'apportez une lettre, dit-elle ? Qui vous l'a remise.

— Ah ! Révérende Mère, c'est le courrier, et puis, elle n'est pas pour vous ?

— Alors ! dit l'abbesse, très interloquée, que venez-vous faire ici ?

— Révérende Mère, permettez-moi de m'expliquer.

Et maître Grivolet toussa deux ou trois fois, comme s'il voulait s'assurer de la pureté de sa voix.

— Voici, reprit-il. Je suis le patron de l'auberge des *Trois Maillets*, rue de la Cossonnerie, aux Halles. Je passe pour faire d'excellente cuisine, mais, ce qui

est mieux, j'ai une réputation sans tache. Vous pouvez donc m'écouter sans crainte. Or, depuis deux
jours, je suis véritablement inquiet. J'avais un pensionnaire, le vicomte Robert de Lévizac, soldat aux
mousquetaires noirs, mais qui a gardé chez moi la
chambre où il était descendu à son arrivée à Paris.
C'était un beau garçon, Madame, très affable, très
courtois, très gentilhomme. Si j'en crois un de mes
clients, *ils* me l'ont mis à la Bastille. Mais ce n'est
pas pour vous dire cela que je suis venu ici, très Révérende Mère. J'ai reçu, il y a trois jours, une lettre
pour lui. Cette lettre vient de son pays, je le sais. Et
comme je crois que vous portez quelque intérêt à
M. Robert de Lévizac, votre parent, j'ai pensé que
je devais vous l'apporter. Si je me suis trompé,
excusez-moi, Madame, en faveur de mes bonnes in-
tentions.

— Vous avez bien fait, dit l'abbesse à l'aubergiste.
Gardez-moi le secret et voici pour vous.

Et elle allait lui remettre deux belles pièces d'or
lorsque maître Grivolet, avec un geste Cornélien répliqua :

— Je ne suis pas un valet, Madame : je suis patron
et j'ai pour plus de dix mille livres de vin dans ma
cave. Si jamais...

L'abbesse de Verrières sourit et salua gracieusement en disant :

— Merci. Je garde la lettre... Je la ferai parvenir à
son adresse. Encore merci...

Maître Grivolet descendit, avec le sérieux d'un ambassadeur et, comme tous les gens du peuple qui ne peuvent pas déguiser leur impression, il s'écria en passant devant la sœur tourière :

— Vous voyez que c'était sérieux.

Marthe de Pampelonne savait par M. le comte de Beauvaisis, que Robert était à la Bastille.

Le capitaine des mousquetaires noirs l'avait prévenue, avec toute sorte de ménagements, en feignant même d'ignorer le vrai motif, car il était courtisan avant tout, et il savait pertinemment que l'abbesse de Verrières n'avait pas fait mauvaise figure au château de Madrid.

Qui sait? Avec un roi si changeant, avec un galant couronné qui avait fait cinq victimes dans la seule famille de Nesles, on ne pouvait jamais savoir quelle serait la favorite du lendemain.

Marthe de Pampelonne fut résolument indiscrète. Elle décacheta la lettre adressée à son jeune amant, et voici ce qu'elle contenait :

« Cher frère,

« J'ai une bien désolante nouvelle à vous apprendre. Notre bon père a été victime d'un accident de chasse. Il a été en agonie pendant près de vingt-quatre heures et voici que nous le pleurons tous. Je me suis empressé de vous instruire de la fatale nouvelle sur la prière expresse de notre pauvre mère, plus abattue que jamais par un tel coup ajouté à ses souffrances anciennes. Elle me dit d'insister sur ce point que votre nom est revenu plusieurs fois sur les lèvres du mourant et que, certainement, votre présence aurait adouci ses dernières heures. Vous êtes comte, maintenant, et le chef de la famille. C'est à vous que le château de Castelnau et les domaines qui l'entourent appartiennent désormais. Notre mère compte que vous n'oublierez pas votre devoir qui est, d'après elle, de venir vous mettre sans retard à la tête de la maison. Pour ma part, j'en serai bien heureux.

Votre frère qui vous aimera toujours

François de Lévizac. »

L'abbesse de Verrières n'avait pas lu cette lettre par simple curiosité féminine.

Elle savait bien qu'il ne pouvait y être question que de tendresses ou d'affaires de famille et que, dans ce dernier cas, elle pouvait, en en prenant connaissance rendre à Robert un véritable service.

Cette lecture, néanmoins, la plongea dans une certaine tristesse.

Elle était assez vibrante et assez passionnée pour cueillir l'adolescent robuste et charmant qui passait sur son chemin, mais elle avait assez de cœur pour ne pas vouloir ruiner son avenir.

Comme prise de repentir pour sa conduite passée, elle résolut d'expier tous les entraînements de sa vie, tous les déportements de son corps, toutes les folies

de sa chair, en faisant le plus douloureux sacrifice
que puisse s'imposer une femme de son tempérament.

Elle résolut d'arracher Robert de Lévizac aux geôliers de la Bastille et de le rendre à sa famille
dont, si jeune encore, il devenait le chef de nom et
d'armes.

XIII

LA FIN D'UNE AVENTURE

Par quels moyens l'abbesse de Verrières pourrait-
elle revoir le roi ?

Il était bien convenu qu'elle se rendrait au premier
appel de Sa Majesté, mais Louis XV était passé maître
en fait d'inconstance et toutes les dames de la cour
se disputaient son cœur, les unes, comme la comtesse
de Mailly, la marquise de Vintimille ou la duchesse
de Châteauroux, pour régner avec leur amant, les
autres, pour obtenir un titre ou quelques terres.

Marthe de Pampelonne ne pouvait écrire au roi et
elle n'avait pas d'intermédiaire assez puissant et
assez sûr pour arriver jusqu'à lui.

Elle attendait les circonstances avec une fébrile
impatience car c'était à cause d'elle, après tout, que
Robert de Lévizac, hier encore brillant mousquetaire noir, plein de généreuses ambitions et riche
d'un amour vainqueur, expiait derrière les verrous le
crime d'être jeune et beau.

O'HAMEL /05

La fortune avait fait payer cher au pauvre prisonnier son premier sourire et les quelques heures
d'ivresse qu'il avait goûtées.

Quelle était la destinée qui lui était réservée ?

La Bastille ouvrait rarement et toujours lentement
ses portes à ceux qui avaient franchi ses ponts-levis,
qui avaient paru un instant à la Chambre du conseil
pour être officiellement reconnus par le gouverneur
et ses lieutenants, et qui avaient reçu le numéro, le
fatal numéro d'ordre qui les désignait uniquement
à leurs gardiens subalternes.

Et ils étaient nombreux ceux qui, comme Robert
de Lévizac, voyaient tristement les jours se succéder
aux jours, sans une lueur d'espoir à l'horizon, comme
si au dehors la vie du monde avait expiré.

Marthe de Pampelonne ne perdait pas son projet
de vue.

Désir de femme est un feu qui dévore, a-t-on dit ;
mais en ce moment le désir avait pour objectif une
bonne action.

Il voguait sur les ailes du repentir et il était de
toute justice qu'il allât directement à son but.

De réflexion en réflexion, l'abbesse conclut qu'il
n'y avait d'espoir à attendre que dans le concours du
comte de Beauvaisis.

Elle se décida à lui écrire : elle avait, disait-elle,
un nouveau service à lui demander, le dernier, au
sujet de la même personne, — vous voyez qu'elle
jouait cartes sur table, — et elle ne cachait pas sa
conviction que le comte lui serait aussi secourable

que la première fois, et cela « pour des motifs diffé-
rents. »

Ces derniers mots dénotaient chez Marthe de Pampelonne un manque absolu d'hypocrisie, ce qui était
rare et presque extraordinaire chez une religieuse en
faute.

Ils annonçaient une résolution avouable : aussi le
capitaine des mousquetaires noirs prit-il à la hâte le
chemin de l'abbaye de Verrières, intéressé à ce roman d'un roi, d'une abbesse et d'un gentilhomme
provincial. Lui, il ne comptait plus, ayant abdiqué
ses droits.

Dès qu'il fut introduit auprès de Marthe de Pampelonne, celle-ci entama franchement la conversation.

— Je suis bien heureuse de vous voir, mon cher
comte, et jamais je ne vous ai été plus reconnais-
sante de votre empressement.

M. de Beauvaisis comprit à cette phrase, un peu
impertinente à l'égard d'anciennes et très intimes relations, qu'il ne s'agirait plus de galanterie. Il en
était charmé, au fond, car il était déjà bien fatigué
pour se risquer sur certains champs de bataille.

— Oui, continua l'abbesse, je vous remercie vive-
ment de ce que vous allez faire. J'ai compté sur vous
pour sauver une femme d'un remords et pour épar-
gner au roi une grande injustice.

— Je vous écoute, dit le comte, et puissè-je ne pas
tromper vos espérances.

— Eh bien ! j'irai droit au but. Admettons tout

d'abord que le jeune Robert de Lévizac soit mon parent. Jetons un voile sur le passé et ne nous préoc-
cupons que de l'avenir d'un vaillant sujet du roi.
Voici une lettre qui est arrivée depuis quelques jours
à l'adresse de Robert. Cette lettre, je l'ai lue et je
m'en félicite. Elle annonce à notre ami une bien
douloureuse nouvelle, la mort de son père, le comte
de Lévizac, décédé, à la suite d'un accident de chasse,
en son château de Castelnau, près d'Albi. Dans cette
vieille demeure où vécurent des hommes considérables et dont les noms de quelques-uns d'entre eux
pourraient être inscrits en lettres d'or dans les ar-
chives de la monarchie, il n'y a plus maintenant
qu'une épouse désolée, clouée sur son fauteuil par
une maladie incurable, et un garçon de quinze ans à
peine, le frère de Robert. C'est lui qui écrit, lui qui
annonce à l'aîné de la famille son malheur et son héritage. Dans ce foyer où le deuil a passé, là-bas,
mon cher comte, il faut un homme. Il faut donc abo-
lir la lettre de cachet qui a fait emprisonner le comte
actuel de Lévizac. Il faut que quelqu'un parle au roi,
le persuade que le prisonnier quittera Paris à jamais,
ce que nous lui ferons promettre tous les deux. Or,
pour remplir victorieusement une telle mission, il n'y
a que le comte de Beauvaisis. Lui seul aura assez de
crédit pour rappeler au roi qu'il faut que jeunesse se
passe et qu'on n'est pas un grand coupable par la
seule raison qu'on a vingt ans.

Le comte avait écouté attentivement : il lui semblait que ce n'était pas une femme qui lui parlait,

mais un avocat qui n'avait d'autre souci que de gagner sa cause avec le plus habile des arguments, la vérité.

— J'essayerai, dit-il d'un ton enjoué, qui plut fort à l'abbesse, qui s'attendait à quelque objection sérieuse.

Et comme celle-ci lui tendait la lettre, il refusa d'en prendre communication en déclarant avec un sourire qu'elle était sans doute moins bien écrite qu'elle n'avait été *parlée*.

Il se leva et, après avoir baisé la main de l'abbesse, dont le visage était radieux, il lui dit :

— Je vais m'occuper de vous, c'est-à-dire de lui.

Le comte de Beauvaisis allait sortir lorsqu'il se ravisa :

— Je n'ai pas voulu lire la lettre, dit-il, mais puis-je savoir qui vous la remise ?

— C'est un aubergiste, le patron des *Trois Maillets*, où Robert avait toujours sa chambre, même après son entrée dans votre Compagnie.

— S'il en est ainsi, je vous prierai de me la confier. Je ferai prévenir dans une heure le porteur de la missive, et je lui ferai vite comprendre que c'est à moi seul qu'il l'a remise.

L'abbesse applaudit à cette idée qui éloignait toute complication. Et elle remit au comte la lettre de François à Robert de Lévizac.

La promesse que le comte de Beauvaisis avait faite à Marthe de Pampelonne devait être vite tenue.

Le lendemain, on devait donner un grand bal à Versailles.

Après avoir fait appeler maître Grivolet, qui jouait un rôle de plus en plus considérable, et lui avoir fait la leçon, le comte de Beauvaisis se rendit chez le roi, vers deux heures de relevée.

Il s'agissait de prendre ses ordres et d'organiser le service.

Dès qu'on annonça à Louis XV l'arrivée de son capitaine des mousquetaires, il cessa de se livrer à une de ses occupations favorites. Le roi bien-aimé qui avait une très belle écriture, s'amusait pendant des journées entières à couvrir des feuilles blanches de superbes majuscules et de paraphes triomphants. C'était Sa Majesté Brard et Saint-Omer.

— Vous voilà, Beauvaisis ! vous voyez, je travaille toujours.

Le comte, qui était un peu philosophe, répondit au prince :

— Majesté, on aime toujours de s'occuper des choses où l'on excelle.

Le roi regarda le comte : bien qu'il ne fût pas un sot, il n'avait pas compris.

Tout à coup, il s'écria :

— Beauvaisis, vous avez l'air triste aujourd'hui : Est-ce que quelque belle vous aurait trompé ? Ces choses-là arrivent *quelquefois*.

Et le roi se mit à rire de cet ironique quelquefois qu'il avait souligné avec beaucoup de finesse.

— Sire, répondit le comte, on ne peut rien vous

cacher. J'ai, en effet, un sujet de tristesse, depuis hier soir, et je crois bien qu'il va me gâter la fête qui se prépare.

— Mais ne pourrait-on pas le dissiper? J'attends votre confidence...

— Un aubergiste, chez lequel logeait un de mes mousquetaires, m'a apporté une lettre qui me fait beaucoup de peine. On annonce à ce mousquetaire la mort de son père, et la famille qui reste n'est composée que d'une femme à demi paralysée, la veuve, et d'un jeune homme de quinze ans,

— Eh bien! c'est fort simple : il faut renvoyer votre mousquetaire dans son pays, où il recueillera l'héritage paternel et où il veillera sur les siens.

— Certes, le conseil de Votre Majesté serait facile à suivre, mais le gentilhomme dont il s'agit est à la Bastille, sur votre ordre, Sire.

— Et il se nomme ?

— Le comte Robert de Lévizac.

Louis chercha dans ses souvenirs.

— Ah ! dit-il en riant, c'est ce godelureau qui ne sortait de l'abbaye de Verrières que pour entraîner l'abbesse aux Halles. Je ne peux pourtant pas encourager de pareilles escapades : mon confesseur ne me le pardonnerait pas.

— Sire, Robert de Lévizac n'a guère plus de vingt ans.

— Que sera-ce quand il en aura vingt-cinq !

Il y eut un moment de silence pénible. Le comte

de Beauvaisis n'avait plus rien à dire : il n'avait qu'à attendre que le maître se prononçât.

Ce ne fut pas long.

Le roi prit une des feuilles blanches destinées à ses paraphes fantaisistes, y écrivit quelques lignes et la remit à M. de Beauvaisis.

— Voilà, ajouta-t-il, un ordre d'élargissement. Portez-le vous-même à M. de Maurepas qui se chargera de tout, mettra le jeune homme dans un coche avec un exempt qui l'accompagnera jusque dans ses terres et vous fera un rapport sur sa mission. Il est bien entendu que le galant ne fera plus ses coups qu'en province.

M. de Beauvaisis prit la lettre en s'inclinant profondément. Il n'aurait pas été plus enchanté du résultat de sa démarche s'il avait reçu un marquisat ou un duché.

Deux heures ne s'étaient pas écoulées que M. de Maurepas contresignait l'ordre du Roi et envoyait des agents à la Bastille pour délivrer le prisonnier.

Robert de Lévizac fut confié à l'exempt chargé de l'accompagner jusqu'à son château de Castelnau.

L'exempt avait pour consigne de ne parler au jeune mousquetaire que d'une grave maladie de son père, dont M. de Beauvaisis avait été averti par l'intendant du Languedoc, son ami. Après l'avoir préparé à apprendre la triste vérité, il devait la lui dire avec tous les ménagements possibles.

Ce que M. de Maurepas avait ordonné fut fait habilement.

Robert de Lévizac avait deviné son malheur. Il pensait bien qu'il y avait des raisons très graves pour que sa captivité fût si vite terminée et qu'il fût conduit, d'après les ordres du roi, au château paternel.

Il eut une longue crise de larmes car il aimait extrêmement son père, malgré l'exil qu'il lui avait si durement signifié.

N'avait-il pas mérité cette proscription, lui qui avait abusé d'une orpheline, presque une sœur, et qui, pour quelques moments de plaisir, avait rayé du monde la pauvre enfant enjôlée ?

Dix jours après leur départ, Robert et son compagnon, l'exempt que M. de Maurepas lui avait infligé, arrivèrent au château de Castelnau.

Ils allaient y pénétrer lorsque le policier déclara, pour compléter la consigne qui lui avait été donnée, que le roi défendait à M. de Lévizac de quitter ses terres jusqu'à ce qu'un nouvel ordre intervînt.

Robert fut reçu par son jeune frère, François, avec les plus grandes démonstrations de joie.

Lorsqu'il arriva près de sa mère, il tomba à genoux et ses yeux se mouillèrent de pleurs.

Le visage de la pauvre femme s'éclaira d'un rayon d'inexprimable bonheur, puis elle pleura longuement car c'était au plus irréparable des deuils qu'elle devait de revoir son fils.

L'exempt se reposa deux jours au château de Castelnau, traité comme un homme de qualité, et il repartit pour aller rendre compte de sa mission à qui de droit.

O'HAMEL /93

Il n'y avait guère plus de quatre mois que Robert
de Lévizac était parti pour Paris, presque maudit par
son père.

Et pendant ces quatre mois, que de choses s'étaient
passées !

Il avait paradé aux côtés du roi dans l'élégant costume des mousquetaires noirs.

Il avait inspiré le plus violent amour à une aristocratique abbesse.

Enfin, — côté des revers — il avait vécu, non loin
de Latude, dans la célèbre prison d'Etat dont le nom
seul faisait frémir les gentilshommes et les manants,
la noblesse et le peuple.

Comme le pigeon du bon fabuliste, il avait beaucoup voyagé, mais il avait appris à ses dépens que la
paix du foyer a son charme et que bien des décep-
tions sont réservées aux chercheurs d'aventures.

Un soir, après dîner, peu de temps après son arrivée, Robert devisait avec François.

Il n'avait jamais été question jusque-là de Geneviève.

Mais quelques verres d'un vin généreux avaient
excité Robert et il ne put se défendre de trahir la
pensée qui se démenait dans son cœur.

— François, dit-il à brûle-pourpoint, tu ne m'as
jamais parlé de Geneviève...

— Notre mère me l'avait défendu.

— Sais-tu pourquoi ?

— Je ne sais, dit l'enfant, en baissant les yeux.

— Cependant, cher frère, je suis maintenant le chef

de la famille et j'ai quelque droit à ce qu'on me réponde, surtout quand il s'agit d'une si proche parente.

François resta silencieux.

Robert continua :

— Geneviève est-elle toujours aux Ursulines d'Albi ?

— Toujours, frère.

— Et se fait-elle à son nouvel état ?

— Ah ! pour cela, non, répondit François. D'après ce que m'a dit l'abbé Massoneau, qui a quitté la maison depuis la mort du père, elle passe son temps à pleurer et elle fait le désespoir de sa supérieure.

— Tu devais me dire cela plutôt, François, s'écria Robert d'un ton douloureux.

François se jeta au cou de son frère. Ce fut sa seule réponse au reproche qui venait de lui être fait.

Le lendemain matin, lorsque Robert alla embrasser sa mère, il fut encore plus câlin que de coutume.

— Mère, dit-il enfin, je voudrais vous demander un conseil.

— Quel conseil, mon enfant ?

— Quand on a fait une faute, n'est-ce pas très coupable d'en retarder la réparation ?

— Si mon enfant, mais quelle faute as-tu commise ?

Une sueur froide perla sur le front de Robert. Sa mère, sa pauvre mère ne savait rien.

Par un scrupule bien naturel chez un gentilhomme, le feu comte de Lévizac n'avait rien dit à sa femme. Pourquoi lui aurait-il inutilement meurtri le cœur en lui racontant la scène du bois, la coupable aventure des deux amoureux ?

Devant l'étonnement de sa mère, Robert changea de tactique.

— J'ai eu bien tort, ma mère, de ne pas vous confier un secret qui me pèse.

La comtesse de Lévizac fixait sur son fils de grands yeux interrogatifs.

— Oui, continua Robert, j'ai eu grand tort de ne pas vous dire que j'aimais Geneviève et, comme j'ai appris qu'elle ne pouvait se faire à la vie du couvent, que personne, dans le monastère, ne pouvait consoler sa douleur ni tarir ses larmes, je viens vous demander d'user de votre autorité maternelle pour l'arracher à sa cellule et, si vous ne vous y opposez pas, je serai au comble de mes vœux en lui offrant mon nom.

La comtesse embrassa longuement son fils. Les projets de Robert étaient acceptés.

Madame de Lévizac comptait beaucoup d'amis dans la noblesse albigeoise. Plusieurs d'entre eux s'entremirent auprès de l'archevêque qui donna ordre à la supérieure des Ursulines de faire conduire Geneviève de Ricourt chez sa tante, au château de Castelnau.

L'oiseau qui s'évade de sa cage et qui, après avoir été longtemps prisonnier, s'envole librement vers les bocages qui lui furent cruellement interdits, n'est pas plus délicieusement heureux que ne le fut la jolie cousine, providentiellement arrachée à la lugubre existence du cloître.

Elle faillit s'évanouir en tombant dans les bras de Robert qui lui dit en la pressant sur son cœur :

— Geneviève, ne pleure plus : tu es à moi pour toujours !

Deux mois après cette délivrance, l'humble église de Castelnau était méconnaissable.

Elle était fleurie comme une salle de bal et une quantité de beaux seigneurs et de belles dames assistaient à la bénédiction nuptiale qui unissait à jamais Geneviève de Ricourt au comté Robert de Lévizac.

Courbevoie. — Imprimerie E. BERNARD, 14, rue de la Station.

www.ingramcontent.com/pod-product-compliance
Ingram Content Group UK Ltd.
Pitfield, Milton Keynes, MK11 3LW, UK
UKHW021727090726
13657UKWH00002B/556